JN241533

大日本帝国宇宙軍 1

1901年にタイムスリップした俺は、21世紀の技術で歴史を変えることにした

朝日 カヲル

もくじ

第一話　ノモンハンの悪魔

１９３９年８月　ノモンハン

「クソッ！　クソッ！　何だ、あの機体は！　本当に日本軍の機体なのか!?」

Ｉ－16戦闘機の操縦桿を握るソビエト連邦軍（ソ連軍）ペトラコフ中尉は叫ぶ。自分たち小隊の遙か上空の雲間から現れた数機の敵戦闘機は、反転しながらすさまじい速度で急降下を開始し、小隊の後方上空から攻撃を仕掛けてきた。

小隊の僚機はすぐさま散開し回避を図るが、クライネフ少尉の機が喰われてしまった。

ペトラコフ中尉が所属するソ連軍モンゴル派遣旅団は、日本陸軍が不法に占拠するノモンハン陣地を爆撃するために出撃していた。今では航空優勢はソ連にある。いつもならお買い物に行くような簡単な仕事のはずだった。いつもなら……。

「セムコフ少尉！　クライネフ少尉がやられた！　一度高度を取って敵機を撃つ。我に続け！」

我が国の品質の悪い無線機だと、僚機に伝わったかどうか怪しいが、伝わった事を信じて操縦桿を引く。僚機からの返事は無い。

急降下していった相手を追うのは愚策だ。相手の方が速度は出ているし、自機も高度を下げてしまっては敵機に上を取られる可能性がある。

「他の小隊は？」

周りを見ると他の小隊も攻撃を受けているようだ。今回の出撃はI-16の6小隊18機と爆撃機24機による出撃だ。このノモンハンにおいて、現在ではソ連が航空優勢を取りつつあった。操縦席の後ろに防弾鋼板を設置した事により、日本軍九七式戦闘機の7・7ミリメートル機銃では、パイロットに致命傷を与える事は出来なくなっていた。燃料タンクにはセルフシールが施され、直撃を食らっても火災が発生する事は希だ。日本軍機相手なら、このI-16はまず撃墜される事は無いはずだった。

煙を吐きながら降下していく味方機が見える。最初の会敵で数機がやられたようだ。

「中隊長からの指示はまだ出ないのか？」

敵機からの来襲があれば、中隊長から何かしらの指示が出てもおかしくない。良く聞くと、無線機からはいつもより大きめのノイズだけが聞こえている。

「くそっ！　このボロ無線機め！　こんな時に故障かよ！」

我が国の工業製品の質の低さに罵声を浴びせる。ペトラコフ中尉は高度を取りつつ、先ほど攻撃をかけてきた敵機を目で追いかけた。敵機には日の丸が見えるので、日本軍機に間違いない。しかし、見た事の無い機体だ。今まで相手にしていた九七式戦闘機より少し大型で、速度が全く違う。それに主脚が出ていない。どうやら日本も引込脚を実用化出来たようだ。

敵機は急降下した後、機体をひねりながら急上昇に転じた。ものすごい速度と機動だ。このI－16であんな機動をしたら、とてもでは無いが主翼が持たないだろう。第一、あんな動きに普通のパイロットが耐えられるはずが無い。

日本軍機はみるみる上昇して行き、先に上昇を始めた我々より早く高度6千メートル付近に達する。そして背面飛行から機体をさらに回転させてソ連軍機の後方上空を占めた。

「だめだ、逃げられない！　日本軍の戦闘機は化け物か!?」

I－16の最高速度は約460km／h。しかし、敵機はどう見ても600km／h以上は出ている。急降下に至っては800km／h以上出ていたのでは無いだろうか。

「ありえない！　何なんだ！」

今までの日本軍機とは比較にならない性能。いや、この時代において、こんな高性能な機体があるのだろうか？

――――――

「さすがだな。この十一試戦闘機は…」

分隊長の槇村大尉は、3小隊合計9機分隊で高度8千メートルを飛行していた。ソ連軍爆撃機24機と戦闘機18機の迎撃である。敵機に発見されないよう、雲に隠れながら飛行する。

突如現れた戦闘機は、大日本帝国宇宙軍が開発している十一試戦闘機。昭和十一年にプロジェクトが始動した新型制空戦闘機だ。全長10・80メートル、全幅10・55メートル、エンジン出力２８００馬力（７千メートル）、最高速度８００km／h（８２００メートル）、後退角のついた６翅のプロペラを持ち、その先端が遷音速で回転していても、衝撃波を発生させない設計がされている。

「チャーリーブラウンよりウッドストックへ。バンディッドの位置は11時の方向50キロメートル、高度４８００メートルを４００km／hで接近中」

哨戒機（チャーリーブラウン）からの無線が入る。１９３８年に制式化されたばかりの九八式無線機の音声は非常に鮮明だ。音声は無線機によって自動的に暗号化され、受信時に復号される。従来の無線機に比べてほんの一瞬の遅延があるが、音声は非常に鮮明であり、敵に傍受される可能性が無い。ちなみにバンディッドとは敵の事である。英語がよく使われるのは、司令官の趣味だ。隊員も、なんとなくアカデミックな感じがして親しんではいるが、陸軍や海軍からは〝アメリカかぶれ〟と揶揄されている。

「こちらウッドストック。了解した。これより迎撃に入る」

こちらの速度が７００km／h、敵が４００km／hなら相対速度は１１００km／h。距離50キロメートルだと３分足らずで会敵する。

「バンディッドを左下方に確認。全機、攻撃を開始」

槇村は全機に攻撃開始を告げた。分隊の9機は、小隊ごとに敵を定めて反転しながら急降下していく。敵はまだ気づいていない。

８００km／h以上の速度で、敵機編隊に襲撃をかける。敵機との速度差は４００km／h以上。これだけの速度差があると、狙いを定める事は出来ず、機銃弾はまず当たらない。しかし、十一試戦闘機に搭載された九九式電波照準器によって革命は起きたのだ。

九九式電波照準器は、内蔵されたGセンサーとジャイロによって自機の旋回角速度と傾きを把握する。そして、翼に取り付けられた火器管制レーダーによって、敵機の距離と相対速度を測定し、電子計算機によって瞬時に敵機の未来位置が計算される。その計算結果に応じて照準器のレチクルが移動し、射手はレチクルの真ん中に敵機を収めて機銃のボタンを押すだけである。

※レチクル　照準器に刻まれた十字のマーク

槇村の小隊三機は、敵最右翼に位置する戦闘機小隊に狙いを定めて攻撃を仕掛けた。みるみる近づいてくる敵機を、なんとかレチクルの真ん中に収めて発射ボタンを押す。そして翼内に設置された合計6丁の12・7ミリメートル機銃が火を噴き、その弾丸は敵機の主翼に吸い込まれていった。その後、少しだけ操縦桿を右に倒して敵機と衝突しないように下方に抜ける。まだ戦果確認は出来ない。

小隊機を従えて機体をひねりながら上昇を開始していくと同時に、パイロットにはすさまじい遠心加速度がかかる。

ビービービー
旋回制限の９Ｇが近い事を示す警告音が鳴り、加速度計は８Ｇを超えた辺りを示している。普通であれば、脳に血液が行き渡らずブラックアウトを起こし失神してしまう加速度だ。しかし、槇村の両足は耐Ｇスーツに締め上げられて、かろうじて脳に血液が回り続けていた。

そのまま高度６千メートルまで反転上昇し、次の攻撃へ移る。

「チャーリーブラウンよりウッドストックへ。バンディッド６機の脱落を確認」

戦闘機18機中６機を撃墜。味方分隊が９機である事を考えれば、初撃としてはまずまずだ。

そして、すぐさま次の攻撃へ移る。

９機の中で、ひときわ美しくダイナミックな機動を描く機体がある。浅野少尉の機だ。一撃離脱を基本としながらも、攻撃から回避、そして再攻撃へと、その一連の機動はまるでアンダルシアの踊り子のように情熱的であり、それでいて、日本舞踊の舞のようにたおやかでもあった。一機、また一機と、幻想的で魅惑的な、危険な何かに心を奪われて放心した少年のように、為す術も無くソ連機が撃墜されていく。

数回の攻撃で、敵戦闘機はすべてこの空から消えていた。ソ連戦闘機隊にとって悪夢と言える、たったの５分間であった。しかし、まだ悪夢は終わらない。残るは爆撃機隊。護衛戦闘機がどんどん撃墜されていくのを見て、爆撃機体は攻撃を断念し退却を始めていた。そして、その爆撃機隊に十一試戦闘機９機の攻撃が開始される。

敵はツポレフＳＢ爆撃機。後部銃座があるので、ある意味戦闘機より危険な側面がある。しかし、後部銃座は７・62ミリメートル機銃１丁のみで、仰角もそれほど取る事は出来ない。十一試戦闘機にとって、この爆撃機の撃墜など児戯に等しい。

「くそ！　護衛の戦闘機がほとんどやられた！　無理だ！　全機爆弾を投棄して退却する！」

ソ連軍爆撃機隊の中隊長は全機に退却を命ずる。しかし、すぐに爆弾を投棄して旋回を始めたのは、自分の乗る中隊長機のみだ。

「何をしている!?　無線が通じていないのか？」

何回か呼びかけたが応答は無い。無線が通じていないようだ。しばらくして、中隊長機の退却に気づいた機体から順次退却を開始する。しかし、編隊は乱れ散開してしまった。そして、群れからはぐれた機体は、あっという間に十一試戦闘機に喰われていく。

あるものは主翼が折れ、あるものはエンジンから火を噴き、次々と墜落していく。

「護衛戦闘機があんなに簡単に全滅するなんて！　何なんだ、あの日本軍機は！」

「だめだ、相手が速すぎる！　機銃が全く当たらない！」

「左エンジン、火災発生！　エンジン停止します。だめです！　火が消えません！」

「くそっ！　悪魔だ、悪魔が出てきやがった！　あんなの、人間が出来る事じゃない！」


戦闘開始から10分、空には十一試戦闘機9機のみが存在していた。

「バンディッドの全機撃墜を確認。これより帰投する」

戦闘終了から15分後、チャーリーブラウンのガイドによって、現フルンボイル市近郊に作られた大日本帝国陸軍飛行場に到着する。

「こちら、地上管制。着陸を許可する。西側より進入されたし」

飛行場といっても、草原をトラックで踏み固めて目印を置いただけのものだ。周りには、作業小屋や宿舎などのバラックが見える。

地上では大日本帝国陸軍航空隊の隊員たちが、十一試戦闘機の帰還を待ち受けていた。

「9機全機帰還か。未帰還が無いのは良かったじゃないか」

「それにしても、帰還が早くないか？　会敵出来なかったんじゃねーの？」

「怖くなって逃げて帰ってきたんだよ」

陸軍航空隊としては、新参の宇宙軍戦闘機が戦果を上げるのは気に入らない。ノモンハン事件が勃発した当初は、航空戦力において日本軍が圧倒していた。しかし、立秋を過ぎた頃から、改良型のI-16の投入と、速度を活かした一撃離脱戦法により、ソ連軍機が日本軍機に対して優位に立っていたのである。そんな中、宇宙軍が新型機の実戦テストとして十一試戦闘機を送り込んできた。自分たちが命がけで戦っている戦場に、新型機のテスト。しかも、パイロットたちは全員初陣のひよっこらしい。この戦場もずいぶんと馬鹿にされたものだ。

「だいたい宇宙軍って、誰と戦うんだ？　宇宙人か？」

「陸下の戯れだよ。趣味で軍隊ごっこをやってんのさ」

「おいっ！　それは不敬だぞ」　陸軍航空隊の面々が揶揄する。

着陸した十一試戦闘機は、タキシングをして駐機場に入り、９機が整然と並んで停止する。地上整備員が駆け寄り、それぞれのコクピットの横に脚立を立てた。パイロットたちが降りてくる。航空隊の面々が注視する中、宇宙軍の９人のパイロットは草原を歩いて航空隊司令の前に整列し、飛行帽を脱いだ。

その飛行帽を外す仕草は流れるように涼やかで、それでいてどこか凛とした佇まいを見せる。そして、その飛行帽からは、長く美しい漆色の髪がスローモーションの様にさらさらとこぼれた。そこに居た現地隊員には、見えるはずの無いキラキラとした〝何か〟が見えていた。

「帝国宇宙軍第二十三航空隊槇村大尉以下９名、ただいま着任しました！」

航空隊司令他現地の面々は、顔を引きつらせてパイロットたちを見つめる。誰が想像しただろう。新型機に乗ってきたのが、全員妙齢の乙女だったとは。

第二話　消失

２０３２年９月　日本国福島県

21年前にメルトダウンを起こした原子炉の近くにある、航空宇宙自衛隊宇宙科学研究所の地下7階。高出力を発生させる新型ヒッグス粒子加速器を前にして、芦原蒼龍（あしわらそうりゅう）はつぶやいた。

「とうとうここまで来たか」

この研究施設の責任者、第三先進技術開発室の室長である芦原蒼龍は、20年前のヒッグス粒子の発見から始まったヒッグス機構の解明を目指して、ＪＡＸＡと共同で研究をしている。

物質には質量がある。

21世紀を生きる人間にとっては至極常識的な事だ。しかし、なぜ、どのような機構で質量を持っているのかが理解され始めたのは、20世紀も後半になってからである。

質量の研究に転機が訪れたのは、北京大学のヤン・リー博士が１９９９年に「特殊対称性の受動的干渉による破れ理論」を発表した事による。この宇宙はヒッグス粒子によって満たされたヒッグス場であり、物質にヒッグス粒子が干渉する事によって質量が与えられているという事は、１９６０年代から予言されていた。しかし、ヒッグス粒子そのものに対して、人為的にその対称性を破る事のできる可能性が、この理論によって示唆されたのである。そして、２０１２年にヒッグス粒子が発見され、さらにヤン・リー博士の理論に基づいて、ヒッグス粒子が物質に干渉する機構を、人為的に操作する事が可能であると確認された。

このヒッグス粒子加速器は、４つのシンクロトロンと４つのリニアック（直線加速器）、そして中心にヒッグス粒子加速器を組み合わせた非常に大規模な施設だ。建物が加速器の形に建設されているので、上から見るとあたかもナスカの地上絵のような模様をしている。２０２０年代初頭にＥＵ・アメリカと共同での開発が提案されたが、ヒッグス粒子のもつ軍事的可能性から共同開発に難色が示され、アメリカが脱退した後にＥＵも脱退して日本独自で研究が進められる事になった。

アメリカでも極秘に研究は続けられており、年内にも稼働するのではないかという噂が聞こえてくる。


軍事的可能性。これが、自衛隊が参加して研究を進めている理由だ。

この実験が成功したならば、物質の質量を自由に操作する事が出来ると予言されている。

今回の実験では、中心のヒッグス粒子加速器の中に、マイクロブラックホールを二つ生成する事を目標にしていた。その二つのマイクロブラックホールは、公転軌道を共有し、お互いの重力と遠心力が釣り合った状態で加速を続ける。すると、その回転の中心では強烈な斥力が発生し、臨界を超えるとむき出しの特異点が出現する。その特異点から放射される膨大なエネルギーは、回転するブラックホールの軌道外側に形成されたエルゴ領域によって減速され、人間が利用できる状態のエネルギーとして取り出せるはずだ。

　ここで取り出す事のできるエネルギーは、まさに無限大。さらにブラックホールの回転速度を上げていけば、中心に発生する斥力の特異点の周りにタンホイザーゲートが生成される。そして、そのタンホイザーゲートを広げて宇宙船を包めば、それをワープさせる事が出来るのだ。

※タンホイザーゲートとは、１９８２年のＳＦ映画『ブレードランナー』において語られる時空を超越するための特殊なゲートの事。21世紀においては、ワープを行うためのゲートの総称として使われている。

　また、ヒッグス場と物質との干渉を無くす事によって、物質の質量を限りなく「０」にする事が出来る。質量が無ければ、より小さい力で物質を加速させる事もできるのだ。このヒッグス粒子加速器実験は、人類の歴史を転換させる、まさに夢の実験なのである。

　しかし、人の心には表もあれば裏もある。最新の科学技術には必ず軍事的可能性が唱えられるものだ。

　使い方によっては、核兵器などよりよほど恐ろしい力を発揮する兵器を創造する事が出来る。いや、可能性として、この地球や太陽系すら、人工的に作り出したブラックホールによって飲み込ませる事が出来るかもしれない。まさに、この世界に終焉をもたらす技術でもあるのだ。

日本での研究は、表向き宇宙開発の為となっている。航空宇宙自衛隊が参加しているのは、ヒッグス粒子加速器とマスドライバーを組み合わせて偵察衛星の打ち上げコスト低減の為となっているが、実際には高性能なレールガン開発や超重力兵器、様々な兵器への応用が期待されている。そして長期的には、超光速を実現する宇宙戦艦の建造も視野に入る。無限のエネルギーが手に入れば、それは可能となってくるのだ。


「定刻通り、第28次最終加速実験を開始します。各研究員は準備を開始してください」

女性オペレーターの声が、スピーカーから聞こえてくる。いつも通りの涼やかで良く通る声だ。

「プライマリシンクロトロン稼働開始します。3・2・1、稼働しました。続いてセカンダリシンクロトロン稼働開始します」

4つあるシンクロトロンが順次稼働していく。シンクロトロンの中では、陽子が光速の99・99999999999%まで加速される。そして加速された陽子はシンクロトロンに接続されたリニアックに導入され、さらに加速しながら施設の中心にあるヒッグス粒子加速器に向かって行く。加速された陽子は、10の16乗電子ボルトという膨大なエネルギーを保持したままヒッグス粒子加速器の中でさらに加速され、エネルギーを高められた後、4方向から収束された陽子ビームが中心において衝突を起こす。この時の相対速度は光速の約2倍。瞬間的にビッグバンにも匹敵するエネルギーを発する事になる。そしてその高密度のエネルギーはヒッグス機構を破壊し、物質から質量の鎖を引きちぎるはずだ。

「蒼龍、どんな感じだ？」

目の前のスピーカーから声がする。声の主は、ＪＡＸＡの研究員・朝筒輝星（あさづつきせい）だ。彼はここから30キロメートル離れたプライマリシンクロトロンの研究棟でこの実験のリーダーをしている。

「ああ、順調だよ。シンクロトロンから陽子が送られてきたら、確実にマイクロブラックホールが生成されるはずだ。これで俺たちの夢に一歩近づく事になる」

俺たちの夢。

輝星とは小学校からの友人だ。彼は幼少の頃、事故で家族全員を亡くし、施設に預けられていた。頭は良かったが、どことなく陰があり内気な輝星は、やはりイジメにあってしまう。蒼龍は輝星の唯一の友人であった。蒼龍は輝星をかばい、一緒にイジメられた事もあったが、２人で居れば辛くは無かった。そしてお互いに切磋琢磨する仲になっていく。

蒼龍は幼少の頃よりサッカーに熱中した。小学年代では全国大会の決勝戦まで進み、惜しくも敗れ涙した事もあった。ジュニアユース、ユースとチームの中心となって、全国大会にも出場する事もできた。社会人になってからはサッカーをする機会はずいぶん減ったが、自衛隊の仲間でチームを作って社会人リーグに参戦している。

内気な輝星は音楽に熱中した。自分で楽器を買う事は出来なかったので、学校にある楽器を使って放課後はずっと練習に打ち込んだ。自分の思いを発信できる唯一の方法が、彼にとっては音楽だったのだ。

2人の成績は、常に学年で一位と二位だった。東京大学も輝星が首席卒業、次席が蒼龍である。そして蒼龍は自衛隊に、輝星はＪＡＸＡに入る事になった。

2人には共通の夢があった。いつか、超光速の宇宙船を建造して、誰も見た事の無い世界に行くという夢。小さい頃には無邪気な夢だった。10代の頃には中二病と言われた。そして今、その夢は現実に一歩踏み出そうとしているのだ。


「シンクロトロン、加速完了まで3・2・1　目標速度に到達　射出まで3・2・1　射出。ヒッグス粒子加速器で陽子の衝突を確認。予定の軌道に入りました。第二次加速を開始。目標速度まで６００（秒）」

あと10分足らずで、中央にあるヒッグス粒子加速器内にマイクロブラックホールが生成される。百年も前からＳＦ小説で語られていた、人類の夢。もうすぐ、もうあと少しでその一歩を踏み出す事が出来る。目の前にあるディスプレイのグラフが反転すれば、ブラックホールが生成された証左となる。グラフを凝視しながら、蒼龍は心臓の鼓動が早くなっている事を感じていた。

「なっ!?」

蒼龍がグラフを見ながら驚きの声を上げると同時に、少し焦った女性オペレーターの声が響く。

「目標速度に到達。ブラックホールの生成を確認しました」そのアナウンスを聞いた職員たちが一斉に歓喜の声を上げた。とうとう人類は新たな一歩を踏み出す事が出来たのだ。

しかし、蒼龍は急いで実験の数値を見直し始める。どこかに異常があるのでは無いか？　たしかに目の前のディスプレイには、ブラックホールの生成を示すグラフが表示されている。表面的には実験成功のはずだ。しかし、予定時刻を２００秒も下回っている。つまり、予定より加速が大きかった可能性がある。もしくは、計器の異常でまだ実際にはブラックホールは生成されていないのではないだろうか？

「加速器、減速しません。依然ブラックホールは状態を維持。エネルギーが増加しています」

ブラックホールの生成が確認できた場合、すぐに減速プログラムが起動して、加速器は停止する事になっている。しかし、停止しない。

「危険だ」

何が起きているかはわからない。しかし、何かおかしい。もしなにかしらの不具合で減速プログラムが起動していないのであれば、重大事故にもつながりかねない。

「緊急停止！」

蒼龍はそう叫ぶと、手元のコントロールパネルの緊急停止ボタンに拳をたたきつけた。透明なプラスチックカバーが砕け、それによって保護されていた赤いボタンが激しく押し込まれる。

「停止信号発信を確認。停止失敗！　依然、エネルギーが増加しています」

女性オペレーターの声が幾分裏返っている。

さっきまで実験成功に沸いていた室内は一変し、職員は自身のデスクに座り異常箇所の確認作業を始めた。

「だめだ！　停止信号は出ているのに加速器が受け付けない」

一秒一秒がもどかしい。こうしている間にも加速器の中のエネルギーは増加を続け、ブラックホールが成長を続けている。

「クソッ！　このままでは暴走するぞ！」　職員の誰かが叫ぶ。

暴走すれば、最小でこの研究施設の消失。最悪、大規模な超重力災害によって、人類の存亡も危ぶまれる。

緊急停止が作動しない。０・１秒の判断の差が取り返しのつかない事態になる。

「緊急警報を発令！　全職員はシェルターに避難しろ！」

「し、しかしそれでは加速器を停止できません！」

「加速器をパージする」

「！！」そこに居た職員全員が蒼龍の方を見て黙る。

加速器のパージ。

そうすれば、おそらく最小の被害で加速器を停止（破壊）させる事が出来る。しかしパージをするためには、加速器に直接埋め込まれている爆砕ボルトを起爆させる必要があった。そのスイッチの場所はここから約４００メートル、加速器から50メートルの位置にある。スイッチは、厚さ3メートルのコンクリートと1メートルの鉛板によって保護されている。しかし現状の加速器の状態であれば、パージと同時に内部の膨大なエネルギーが解放され、そんな部屋は消し飛んでしまうだろう。スイッチを押した本人とともに。

「加速器をパージするしかない。警報を鳴らせ。全員シェルターに避難。これは命令だ。それに、ここにいる誰より俺は足が速い」

「し、しかし、室長は…」

「1秒が惜しい。全員すぐに命令を実行！　それに、シェルターに逃げても助かる保証は無いんだ。気にするな」

そう言って蒼龍は加速器に向かって走り出す。

「そういや、俺のパソコン、誰か処分してくれないかな？　電源を入れたまま風呂に沈めるとか。そういやそんなアニメかラノベがあったっけ」

全力で走りながら昔見たアニメを思い出す。もうすぐ確実に死ぬのに、こんな事しか思い浮かばないとは。ひた隠しにしていたオタクの本性かもしれない。

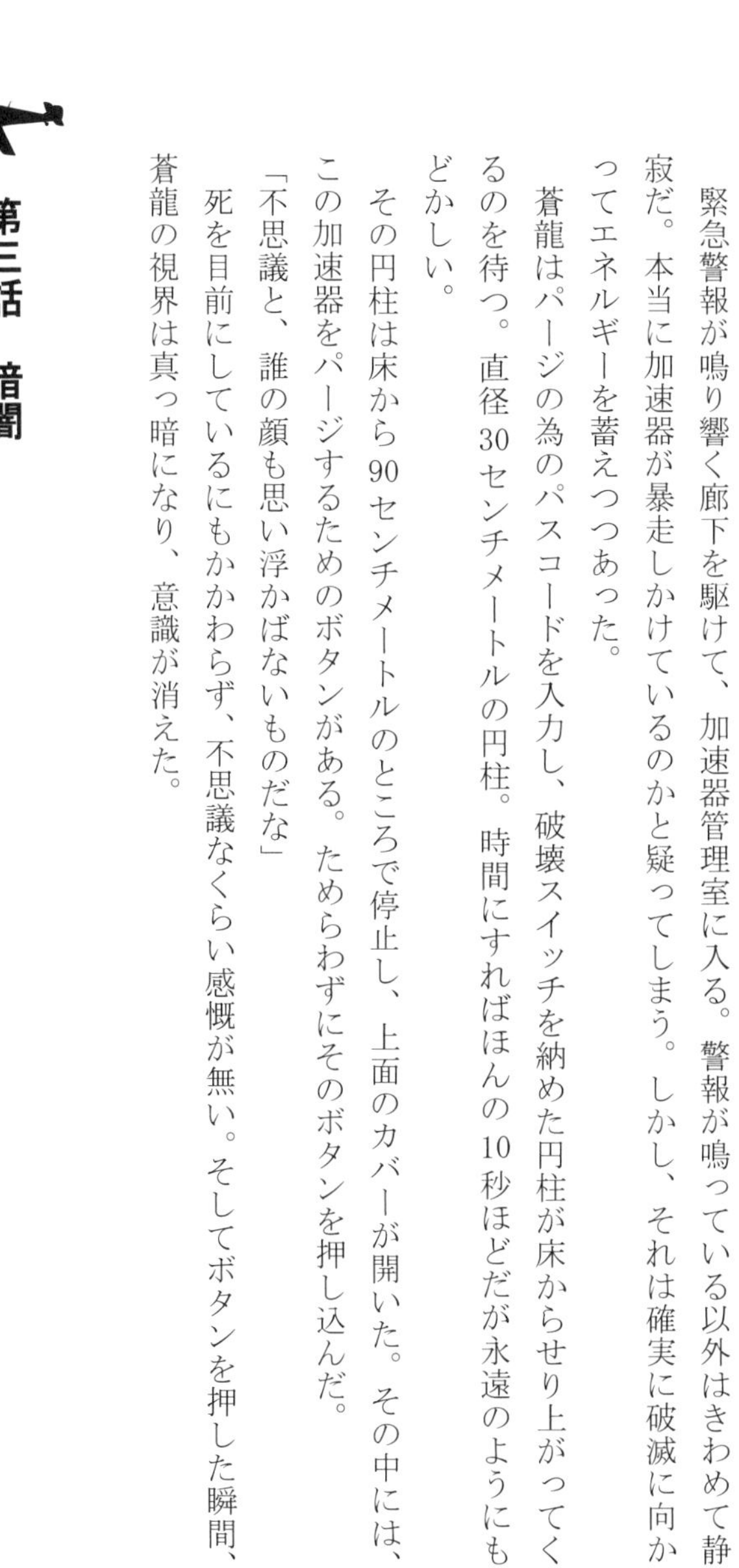

緊急警報が鳴り響く廊下を駆けて、加速器管理室に入る。警報が鳴っている以外はきわめて静寂だ。本当に加速器が暴走しかけているのかと疑ってしまう。しかし、それは確実に破滅に向かってエネルギーを蓄えつつあった。

蒼龍はパージの為のパスコードを入力し、破壊スイッチを納めた円柱が床からせり上がってくるのを待つ。直径30センチメートルの円柱。時間にすればほんの10秒ほどだが永遠のようにもどかしい。

その円柱は床から90センチメートルのところで停止し、上面のカバーが開いた。その中には、この加速器をパージするためのボタンがある。ためらわずにそのボタンを押し込んだ。

「不思議と、誰の顔も思い浮かばないものだな」

死を目前にしているにもかかわらず、不思議なくらい感慨が無い。そしてボタンを押した瞬間、蒼龍の視界は真っ暗になり、意識が消えた。

第三話　暗闇

暗い。真っ暗で何も見えない。

ここは？　えっと、あれからどうなったんだっけ？

ぼんやりとした、自分自身の存在がうつろで生暖かい周りの闇に溶け込みそうな世界で、俺の意識は覚醒した。まず、自分の意識レベルの確認をする。

「俺の名前、芦原蒼龍　32才。航空宇宙自衛隊第三先進技術開発室　室長。加速器の事故により、意識を失い、今に至る。リア充」

よし、意識レベルは清明。記憶の混濁も見られない。

次に視力の確認。目を見開いて見るが、今ひとつ瞼や眼球が動く感じがしない。光も全く感じない。これでは、辺りが真っ暗な場所にいるのか、それとも視力を喪失したのか判別出来ない。

続いて、俺は両手に力を入れてみる。全く動かない。しかも、どうも反応が無いように感じる。足も同じような状態だ。事故などで手足を失うと、幻肢痛があるという。だが痛みは全く感じない。音も聞こえていないようだ。


少々混乱する。俺は加速器のパージスイッチを押し込んだ。あの状態でパージしたなら、俺は確実に消し飛んでいるはずだ。しかし意識がある。でも、それ以外の感覚が全くない。

とすると、考えられる可能性は一つだけ。

「俺は、スライムに転生してしまった！」なわけないだろー！と自分に突っ込もうとした時に、

「そんなわけないでしょー！！」と女性の声がした。

良かった。誰か近くに居るようだ。どうやら奇跡的に一命を取り留めて、今は病院のベッドの

上にでも居るのだろうか。しかし、目も見えない、手足の感覚も無い。せっかく助かったと思ったら、意識があるだけの植物人間なんて、まさに地獄だぞ。生きてはいるが、今後の辛い人生を想像して絶望しかけた。

いや待て、慌てるにはまだ早い。リハビリを頑張れば、少しは動くようになるかもしれない。義手や義足の技術も進歩してきているので、数年後には神経に接続した義肢を使えるようになるかもしれない。視力についてもカメラからの情報を微弱な電気に変換して、大脳の視覚野に送り込む実験も進んでいる。あきらめずに頑張っていれば、なんとかなるさ。歴史上の偉人も「あきらめたら試合終了ですよ」って言ってたしな。

あれ？　でも、今は声を出したんじゃ無くて心で思っただけだぞ。なのに、なぜ突っ込みが帰ってくる？　無意識のうちに声を出していたのか？　いや、そんなはずは……。

俺が混乱していると、さっきの声の持ち主が話しかけてきた。

「やっとお目覚め？　ずいぶん長く寝てたわねー」

「ええっと、おはようございます」

声に出しているようで声になっていないような、変な感じがする。

「助けて頂いてありがとうございます。ここは、どこの病院でしょうか？　それと、俺は今、どんな状態なんでしょうか？」

声の主に聞いてみる。若い女性の声なので看護師だろう。しかし、ずいぶんとフランクな言葉遣いだな。

「うーんとね。ここは東京市だよ。あんたは今、〝高城梅子〟のお腹の中にいるの」

「!?」

東京市というのは東京都の事か？　そういや、昔のアニメで第〇東京市とかあったけど、そんな感じか？　もしかしたら、法律とかが変わって東京都が東京市になったとか？　じゃ、いったい何年寝てたんだよ！　って、〝高城梅子〟の腹の中？

「えっと、高城梅子のお腹の中というのはどういう事でしょう？　ずいぶん古風な名前のお方ですね」

お腹の中という事がどうにも理解できない。何か、怪しげな人体実験の材料にでもされたのだろうか？　日本ってそんな人権無視のむちゃくちゃするような国だったっけ？　事故から何年も経過していて、その間に国の状況が激変したとか。

様々な考えが頭を巡る。

「どういう事も何も、お腹の中はお腹の中だよ。キミは受精してから18週目の胎児。受精してから12週目の、ちょうど霊体が創生される瞬間に転生したのよ。それから6週間眠り続けて、今やっと目覚めたの」

？？？？？？　胎児？　転生？　この女、ラノベの読み過ぎじゃ無いのか？

「あの、もしよろしかったら、お医者様を呼んで頂けますでしょうか？　ここ、病院なんですよね？　きっと」

「だぁーかぁーらぁー、ここは病院じゃ無くて東京市の高輪にある高城家の家よ。そこに住んでる高城梅子のお腹の中なの！」

埒があかない。この女は大丈夫だろうか？　しかし現状、自分自身どうする事も出来ない。

「もう、あんたはね、加速器の暴走を防ぐために爆砕ボルトを起動させて、加速器を破壊したの！そこまではあんたも覚えてるでしょ！　で、その時に解放された、ブラックホールの真ん中にタンホイザーゲートが現出して、ブラックホールごとあなたはゲートに飲み込まれたの！　でね、普通ならどこかの空間にはじき出されるはずなんだけど、たまたま描かれていた魔法陣のせいで、あなたの魂と私が一緒にこの高城梅子のお腹の胎児と合体しちゃったわけ！　わかった？」

なるほど。ラノベの読み過ぎだな。うん。しかし困った。

「もう！　仕方が無いわね！　じゃ、今の周りの様子を私の目を通して見せてあげるわ！」

声の主がそう言うと、突然、目に光が差し込んできた。

「えっ！　視力が回復した!?」

「違うわよ。今は私の目を通してあなたの魂に直接情報を送ってるだけ。あんたはまだ18週目の胎児なんだから、見る能力なんて無いわよ」

最初に日本家屋の天井が見えて、そこから反転し、畳に座って縫い物をしているご婦人の姿が見えた。

「この人が高城梅子よ。この世界でのあんたのお母さんになる人ね」

服装は和装を何枚か羽織って、暖かそうな格好をしている。しかし、和服か？　何かの行事でもなさそうなのに和服を着ているのは珍しい。よく見ると、最初ご婦人と思ったがずいぶんと若い気がする。うーん、肌の感じからだと、どうも20才くらいか、もしかするともっと若い印象を受ける。そう思案していると、

「この人は明治18年生まれの16才よ。いいわよねー。ピチピチのギャルがお母さんよ！」

「ん?? ちょ、ちょっと待てー！！　今、明治18年生まれって言った？　言ったよね？　どういう事？　令和の次が明治？　あ、発音が同じで漢字が違うとか？　いやいや、そもそも今は西暦で何年だよ？」

「西暦だとね、１９０１年だよ。事故があった時から１３１年さかのぼっちゃったみたいね」


話を総合すると、２０３２年に加速器の事故によってタンホイザーゲートが発生した。俺はそのゲートに吸い込まれて、なぜか１３１年昔にタイムスリップして、高城梅子のお腹に宿ったと。とてもじゃないが信じられない。しかし、この女の目を通して見ているというこの世界の映像も、まるっきり嘘とは思えない。

「てか、じゃあお前誰だよ？　あの研究所の職員？　そんな声のやつ居なかったよ！　なんで俺

と魂が融合してんの？」

「あら、突然しゃべり方が変わるのね？　お坊ちゃまの振りをするのに疲れちゃったのぉ？」

くそっ！　なんだかむちゃくちゃ馬鹿にされてる気がする。

「あー、わかったわかった。お前の話、信じるよ。で、お前はいったい誰なんだよ」

「あ、私の事？　そういや自己紹介してなかったわね。私はリリエル。受胎と出産を司る天使よ。偉いのよ！」

第四話　お隣は天使様？（1）

天使ときたか…。五感が全くないにもかかわらず、なぜか頭痛に襲われたような気がする。

「天使様ですか…、その天使様がなぜ地上にいらしたのですか？」

「おっ、やっと信じる気になった？　いい子だね！　じゃ、今までの事を説明してあげるよ」

いや、全く信じていないのだが、とりあえず話を聞く事にする。

「私はね、人間が面白そうな実験をしてるから見に来てたの。そしたらものすごいエネルギーが集中して加速器ってやつが暴走したのね。で、それをあんたが止めたんだけど、加速器や施設の建築物、それに施設の庭にある植栽とかの形が、時間と空間を操作する魔法陣の形をしてたわけ。

その影響で、どうもあんたと、近くに居た私が飛ばされたみたいなの。で、高城梅子のお腹に宿ったのは、おそらく私が受胎と出産を司る天使だからじゃ無いかな？　わかんないけど。どう、理解した？」

信じられるわけない。

「ああ、なるほど、良く理解できたよ」人は嘘つきになれるものである。

「理解は出来たんだけど、なんでお前が実験場にいたの？　面白半分？　それに、施設の形が魔法陣って、それって偶然？」

「てか、信じてないでしょ。まあいいわ。それはね、きたるアルマゲドンに備えて、天使側の武器になりそうな物を探してたの。そしたらね、変な魔法陣が地上に描いてあるじゃん。近づいてみたら、人間が面白そうな実験をしてて、見てたわけさ。魔法陣は偶然とは思えないなー。解析したら、完全に魔力の流れを制御してたし」

「アルマゲドンって、神と悪魔が戦う最終戦争ってやつ？　本当にあるの？」

「あるよー。次のアルマゲドンは２０３９年にあるの。でね、今の予測だと、このアルマゲドンで天使側は負けて、地球の支配者が悪魔になりそうなのよね」

「へぇ、そうなんだー。なんで悪魔が勝つってわかるの？」

「それはね、１８００年代後半から１９７０年頃までの戦争や失政で、２億人もの人が悲しみや恨み、そして憎しみを抱えたまま死んじゃったの。そういう負のエネルギーを持った魂は、全部悪魔のエネルギーになるからね。今のままじゃ、悪魔に勝てそうに無いの」

「なるほど。でも悪魔が勝ったからって、人間社会になんか影響あるの？　今までも天使を意識する事無かったし、悪魔が支配者になったからって人間社会が変わるとは思えないなー」

「そうねー、原則、天使や悪魔はアルマゲドンの時以外は直接人間に接触する事は出来ないのよ。でもね、啓示を与えたり奇跡を起こしたりしてある程度導く事は出来るの。今は天使が人間に対してそうしてるけど、悪魔が支配者になったら、おそらく人間に対して戦争を起こしたり犯罪をそそのかしたりする啓示や奇跡を起こすんじゃ無いかな。地球は今以上に、常に戦争や飢餓が絶えなくなるわね。負のエネルギーを持った魂は、悪魔の大好物だから。でね、一度でも悪魔が勝って地球の支配者になったら、次のアルマゲドンでも天使は勝てなくなるの。憎しみを持った人間の魂は、普通の魂の百倍以上のエネルギーを持ってるわ。しかも、負（マイナス）のね。そうなると、もう永久に天使側に勝ち目は無いの」

「なるほど。理屈は通ってるな。しかし、今も戦争や飢餓は世界のどこかで起こってるぞ。天使が支配してるんだったら、なんでそれを止めないの？」

「神様や天使も万能じゃ無いわ。いろんな方法で人間を導こうとしてるけど、現状はこれが限界。で、１９００年頃から食料生産を増やして、医学を発展させて人類を導いてきたんだけど、その分、マイナスの歪みが生まれちゃったの。その歪みを突いて、悪魔たちがほんの少し、人間に影響を与えちゃったのよね。影響を受けた人数はほんの数人だったわ。でも、そいつらがね、とんでも無い事をやっちゃったの」

「ちなみに、その悪魔の影響を受けた人間って誰？」何となく想像できてしまう。

「アドルフとヨシフとカーチス、それに青(セイ)よ」
※アドルフ　アドルフ・ヒトラー　ドイツ第三帝国総統。第二次世界大戦で600万人のユダヤ人を虐殺し、戦災によって3000万人以上の人間を死亡させた。
※ヨシフ　ヨシフ・スターリン　ソ連書記長。ホロドモールや大粛正によって、1000万人以上の自国民を殺害。第二次世界大戦では、市民の犠牲を厭わない戦闘によって、自国民2700万人を死亡させる。
※カーチス　カーチス・ルメイ　アメリカ軍人。無差別爆撃を主導し、日本人やベトナム人100万人以上を殺害。
※青　江青　毛沢東の妻。大躍進政策や文化大革命を主導し、6千万人もの自国民を死亡させる。
「青って、江青の事？　なるほどね。4人目は予想を外したよ。てっきり旦那の方かと思った」

「ああ、毛沢東ね。彼は善人よ。本当に人民を救おうとしてたんだけど、悪魔は江青の方に目を付けたの。で、結局いいように操られて失政を重ねて、6千万人以上死なせちゃったけどね」

「なるほど。しかし、アルマゲドンに備えて武器を探してたリリエルが居なくなったんじゃや、みんな困ってるんじゃや無いの？　2030年代の君たちの仲間、大丈夫？」

「うーん、心配してくれる天使は何人かいると思うけど、アルマゲドンに備えて頑張ってるのは全員だし、大した影響は無いよ。それに、この時代にももちろん天使はたくさん居るし、私自身もどこかにいるはずだよ」

「タイムパラドックスってやつ？　ＳＦ小説とかだと過去の自分に出会うとどっちかが消滅してしまうとか、そんな設定もあったりするけど、実際どうなの？」

「どうかなぁ。キミと魂が融合しちゃって、他の天使たちと接触できなくなっちゃってるのよね。それに、私が知る限り、宇宙 開闢(かいびゃく) 以来時間を遡ったのは私たちが初めてだと思う」

「えっ？　そうなの？　神様だったら時間を巻き戻す事は出来そうだけど」

「そんな事無いわよ。時間を巻き戻す事は、神様にも出来ないって言われてるわ。ミハエルが言ってたからね。でも、時間を巻き戻す研究をしていた天使が居たの。その天使によると、時間を遡っても、元の世界の歴史を改変する事は出来ないそうよ。遡った人だけ昔に飛ばされて、出現した時代のその瞬間に、元々の歴史とは違ったパラレルワールドが形成されるの。新しい歴史の分岐ね。もしそうだとすると、ここは元々の世界とは別の歴史を歩み始めた世界ね。私たちがここでどんな活動をしても、元の世界に影響は無いとおもうの」

「で、その天使様でも時間を遡る研究は失敗したと？」

「そうね。遡る事は出来なかったけど、時間の流れをゆっくりにする事には成功したわ。それが、あなたの施設にあった魔法陣。それに空間に干渉する魔法陣が組み合わされていたわね。二つの魔法陣があんな風に組み合わされてるのは、初めて見たわ。ねぇ、あなたの周りに魔道士とか居たの？」

「魔道士なんて、21世紀の地球にいるわけ無いよ。それと、時間を遡ったからって、元の世界を改変する事が出来ないんじゃ、あっちの世界はやっぱり悪魔に支配されちゃうの？」

「このままだと、たぶんそうなるわね。みんなが何か強力な力とかを発見しない限りはね」

「ま、干渉できない世界の事を心配してもどうしようもないな。俺が元の世界に居たって結果は変わらないんだろ？」

「あんた、意外と薄情ね。ま、いいわ。話はこれからよ。この世界もおそらくこのままだと、第一次第二次世界大戦を経て、冷戦に突入、各国の失政とかによってやっぱり2億人くらいは死ぬと思うのね。これをね、救う事が出来るのは未来を知ってる私たちだけなの！　どう？　すごいでしょ！『選ばれし者の恍惚と不安、共に我らにあり』なのよ！」

視界は真っ暗だが、頬を赤らめて、にへらと気色の悪い笑みを浮かべた腐女子の姿が見えたような気がした。

「なるほどね。つまり俺はこの時代に召喚された〝勇者〟ってわけか。とすると、転生時にもらったチートな魔法やスキルとかギフトとかあるの？」

ばかばかしいと思いながら聞いてみる。

「あるよー！　神様からじゃなくて、私からだけどね。私と融合した事で〝天使の智慧〟が使えるはずよ」

第五話　お隣は天子様？（２）

「天使の智慧？　なんだか、賢者とか大賢者みたいなスキルだな。ラノベと違って俺、引きこもりでもないし、ちゃんと彼女もいる（いた）リア充なんだけど」

「それ、何よ？　わかんない事言ってんじゃないわよ。天使の智慧ってのはね、見たり聞いたり読んだりした事を、細大漏らさず記憶できる能力なの。あんたの場合、これから経験する事だけじゃ無くて、過去に経験した事も詳細に思い出せるはずよ。試しに幼稚園の入園式の事、思い出してみなさいよ」

なんで幼稚園？　と思いながら、その当時の事を思い出してみる。思えば、俺の最初の記憶は幼稚園の入園式だった気がする。母親に連れられて幼稚園の門をくぐった記憶がある。式の様子とかは覚えていないが、母親から離されて子供たちだけで教室に移動した時に、隣の男子が激しく泣き出して、おしっこまで漏らしたのを覚えているな。あれは大変だった。

そんな事を思いながら、当日の事を思い出してみる。

「なっ!?」

幼稚園の門の色、形、母親の姿、周りの人たちの光景が、本当にびっくりするほど克明に思い出すことができる。母さんを見上げてみると、その髪型、化粧、胸につけてる花飾りの花びらの枚数まで詳細に認識できた。

当時の母さんは28才。今、改めて見るとものすごい美人だった。

そして入園式が終わり、母さんと離れて担任の先生に連れられ子供たちだけで教室に移動する。

「ああ、確かこの後だよな。隣の男子が泣き出すのは」と思っていると、「わーん！　おかあさーん！　おかあさんはどこー！　いやー！　おかあさーん！」泣き出したのは自分だった…。

「キャハハハハハハハハハ――――」リリエルの甲高い笑い声が聞こえてくる。

「あんた、泣き出したのは隣の男子だと思ってたでしょ。でも記憶を紐解くと自分だったのね！　面白いわー！　都合のいいように記憶を作り変えてたのね！　あんた、才能あるわー！」

むちゃくちゃ腹が立つが、そういえば自分自身だったような気がしてきた。都合の悪い事の記憶を改変する事が人間にはあると知っていたが、まさか自分もそうだったとは……。

「クッ、殺せ…」とりあえず、恥ずかしいので言ってみる。

「あんた、ラノベの読み過ぎよ！」

お前にだけは言われたくなかった。

気を取り直して、そのほかの記憶をひもといてみる。高校受験、大学受験の問題文も正確に思い出せる。それに、読んだ文献や論文、ネットニュースやウィキペディアの記事もだ。

「すごいな、この能力」

「でしょでしょ！　これが天使の智慧よ！　私がすごいって事、わかった？」

「すごいのはわかったけど、なんでお前は全然賢そうに見えないの？」

「なんて事言うのよ！　私は生まれてから1万8千年の詳細な記憶はあるわよ！」

「なるほど、記憶はあるけど活用できてないんだね。うんうん」

「キーッ！　天使に向かってなんて事言うのよ！」

「…………」

「あんた、今、ひどい事考えたわね。1万8千才のロリばばぁってなによ！　ばばぁじゃ無いわよ！　ピチピチなのよ！」

「えっ？　心で思っただけの事もわかるの？　隠し事出来ないじゃん」

「魂が融合しちゃったんだから、当然よ！」

なんだか、無駄に勝ち誇った姿が目に浮かぶ。

「でも、お前の内心までは読めていないような気がする？　なんか不公平じゃね？」

「そうね、人間と融合した天使なんて聞いた事ないからわかんないけど、私の魂の方が上位にあるからじゃ無いかしら？」

しかし、これだけ過去の記憶を詳細に思い出せるスキルがあるのであれば、リリエルの言っている事に信憑性が出てくる。

「とりあえず、暗闇から声がするのって違和感あるから、お前の姿とかこっちに送れないの？」

「そうね。これから〝一生〟つきあっていく事になるかも知れないから、私の姿、見せてあげるわ」

光の粒が集まって、だんだんと光る人間の形に収束していく。頭の上には天使の輪が形成される。

「やっぱり天使の輪ってあるんだ…。でも、なんか、猫背？」

収束した光は人間の形をしているがディティールは見えない。なんだか猫背で肩が張っていて、ジャミラのような姿に見える。そして、光がだんだん弱くなっていき、ディティールが見えて来た。

「！！！！！？？？？」

体は黒く脇腹には白い禍々しい肋骨が見えており、肩には巨大なフジツボが乗っているようで、その白い陶器の様な顔は……

「サキエル？」

それは、エヴァ〇ゲリオンテレビ版第一話に登場した天使のサキエルそのものだった…。

「あ、違った。あんたが天使とこんな変な生物をつなげてイメージしてたから影響されちゃったじゃない」

どうやら、違ったようだ。ちょっと安心した。

サキエルみたいな何かが、また光の粒になり、再度収束していく。

そこに現れたのは、腰まである橙色の髪を持ち、ちょっと性格のキツそうな美少女。年齢は15才くらいだろうか。なぜか、白色のブラウスに、薄い紺色のセーラー服っぽいものを着ている。

「そ、それって、アスカ・ラ〇グレー⁇」

「ん？　誰、それ。ちょっとあんたのイメージが入っちゃったみたいね。ま、でもだいたいこんなもんよ。この服はいまいちね。ま、いつでも変えられるからいいけど、あんたの趣味ってこんなの？　あとで、あんたの深層意識を見ておいてあげるわ」

「人の深層意識を勝手に見るなよ！」

「そう言わないの。人間にはいい言葉があるでしょ。〝呉越同舟〟よ」

「いや、それは敵同士が仕方なく協力する事ですけど…」

「〝一蓮托生〟だったかしら？　細かい事はいいのよ！」

どうも、俺のイメージする天使に影響されているようだ。俺って、アスカ・ラ〇グレーの事を天使って思ってるのか？　いや、こいつのしゃべり方がアスカに似てる気がするから、そういうイメージになったのかもな。

第六話　思考実験

自分自身の置かれている状況を、概ね理解する事が出来た。もちろん、リリエルの事をすべて信じるならばだが。

どちらにせよ、今のこの状態で出来る事はないので、リリエルが持っている知識を聞きながら、俺が生まれた後どういう風に活動するか２人で思考実験を重ねていく。

「つまり、第一次第二次世界大戦を防いで、戦死者を減らせば勝ちって事？」

「うーん、戦争が起きてもいいんだけど、そこで、民間人の犠牲者を少なくして欲しいの。兵士たちって、基本、戦って死ぬかも知れないって思ってるから、戦死したとしてもそれほど強い悲しみや絶望を持たないのよね。でも一般の市井の人々は、理不尽に殺されたって思うの。そういう魂は負のエネルギーを持って、悪魔に吸収されちゃうわ」

「なるほどな。じゃあ勝利条件としては、戦争が起きても良いが、民間人の犠牲者を最小限にとどめる事、そして、失政による餓死者も出来るだけ減らすって事でＯＫ？」

「ＯＫよ。具体的な数字はわからないけど、出来れば５千万人以下に抑えて欲しいわ」

「５千万人も大概な数字だけどな。まあ、史実の２億人に比べれば４分の１か。でも、第一次大戦の勃発は１９１４年だから、俺が順調に生まれて育ったとしても、第一次世界大戦には間に合いそうにないね」

「しかた無いわね。第一次世界大戦と、その後のロシア革命で２千万人以上の一般人が死んでるわ。あんたも頑張れば、第一次世界大戦の後半くらいから、何か影響力を出せるんじゃないの？頑張んなさいよ！」

「たとえば、日本で革命を起こして実権を握り、21世紀の技術で軍隊を強化して世界に宣戦布告。で、早期に世界を統一して戦争を無くすとか？」

「そういうのも有りね。でも、革命に失敗したらそれで終わりだし、最悪、泥沼の内戦なんて事になったら目も当てられないわ。充分に仲間を集めて慎重にする必要があるわね。20才くらいのあなたにそれが可能かしら？　その能力はあると思うけど、人を動かすためのカリスマがその年齢で備わってるかどうか怪しいわね。もっとカリスマのある人を担いで、その裏で実権を握るのはどう？」

「確かに。失敗したからリセットしてやり直しって訳にはいかないしな。ならば、確実にカリスマを持つ事がわかっている人物に近づき、誘導するか。とすると、思い当たる人物は１人だけだな」

「もし失敗したら、あの加速器をもう一回作って暴走させたら？　また転生できるかもよ？」

「無責任な事言うなよ。あれだって、一つ間違ってたら人類滅亡レベルだったんだぞ」

「人類滅亡って…、そんな危険な事やってたの？　あんたたち、正気？」

「万が一に備えて、何重もの自動停止プログラムが実装されてたんだけど、なぜか全部受け付けなかったんだよね。で、緊急停止ボタンを押したんだけど、それもダメ。理論的にはあり得ない事故だよ。他国の工作員による妨害だったのかもね。今考えると」

「あんたたち、嫌われてたのね」

「いや、そういうレベルの話じゃない」

「まあいいわ。とにかく犠牲者を減らす方法、考えなさいよ！」

「第一次世界大戦の阻止は出来ないとしても、第二次世界大戦の阻止は出来るかもね。ドイツに対する一次大戦の戦後賠償を少なくするように働きかけたり、ヒトラーの暗殺とか。あと、ロシア革命を失敗させるとかね。レーニンの失脚や暗殺とかできれば、その後の世界もずいぶん良くなるかも」

　俺は策謀を巡らせる。


「暗殺もいいけど、それだけだと別の勢力が台頭して、やっぱり内戦とかになりそうね。あんた、相当な知識があるんだから、超兵器とか作って他の国をどんどん占領しちゃいなさいよ」

「なんか、急に過激な事を言い出したな。超兵器を作っても、一個だけじゃ役に立たないんだよ。核兵器とか作って、恐怖で従わせるって事も出来るかも知れないけど、そのためには、実際核兵器を使って、どういう惨劇があるか見せないと効果が無いと思うし。日本人として、そんな事はしたくない。高性能な兵器を作っても、ある程度の部隊運用やメンテナンスができる体制、それに、それを支える兵站も構築しなきゃいけないし。やる事はたくさんあるんだよ」

「まどろっこしいわね。あんた、男でしょ！　やる時はやんなさいよ！　気合い入れたらなんとかなるわよ！」

「いや、そんな精神論言われても…」

今日も思考実験は続く。

第七話　第二の人生

1901年6月
ついに出産の時が来た。しばらく前から、母親の心臓の鼓動や周りの人たちの話し声が聞こえるようになっていた。そして陣痛が来たようで、体を包む子宮が収縮していくのがわかった。周りの慌てた様子もわかる。そして産道を通り抜けていく。
「く、苦しい…」へその緒を通じて、かろうじて酸素は供給されているが、出産がこんなにも苦しいとは思わなかった。

「そりゃ、昔は死産が多かったのもわかるよ…って、もしこれで死産とか後遺症とか残ったら終わりなんじゃない？」

「そうねー、確かにそうだけど、たぶん大丈夫よ。私、運がいいから」

「非科学的なご意見、ありがとう」

「しかし、生まれる時って、こんなに苦しいのね。知らなかったわ」

俺が感じている苦痛は、リリエルも同じように感じているようだった。リリエルと2人で苦痛に耐えていると、やっと産道を抜けて光が見えた。

無事に生まれた俺は、すぐに両足を掴まれて逆さづりにされ、背中をトントンとたたかれる。すると、肺の中に貯まっていた羊水がはき出された。

そして、産湯に浸けられて体が洗われる。その初めて見る光景を、俺はじっと見つめていた。すると産婆さんたちが慌て始める。産声を上げない事を心配しているようだった。

みんなをあまり心配させたくないので、頑張って泣いてみる。泣き方がわざとらしい気もするが、まあ良いか。

産婆さんたちも安心し、産着を着せられた俺は、母親に抱かれる。

「この人が母さん…」

出産によって疲労困憊であろうはずの梅子が見せる笑顔は、慈愛に満ちていて美しかった。なんとも感慨深い。そして、無限の愛情を感じて、年甲斐もなく「きゅん」となってしまった。もしかして、恋？　いやいや、だめだだめだ。

「あんた、かなりの変態だったのね…」リリエルがあきれたように話しかけてくる。

「勝手に人の心を読むなよ！　邪念じゃなくて、母親の無限で無償の愛に感動してるんだよ」


生まれてから3日目に、俺は「蒼龍」と命名された。

前世の名前も蒼龍だったが、今回も蒼龍だ。偶然とは思えなかったので、リリエルに聞いてみたが、「さあ、偶然なんじゃないのー？」とあまり興味が無いようだった。


1906年3月。妹が生まれた。

俺が生まれた後、5年間の間が空いてしまったが、両親としては待望の第二子だったようだ。

「でかしたぞ！　梅子！　なんてかわいい女の子だ！　名前は桜子（さくらこ）だ！　ちょうど桜の季節だし、母親のお前が梅だからな」

生まれたのは、ぷくぷくと柔らかいほっぺたをした、かわいらしい女の子だった。父の高城龍太郎は生まれた女の子を抱えて、飛び回るように喜んだ。

第一子が男子だった事もあり、家督の継承に安心したのか、この時代では珍しく女子の誕生を大喜びしていた。

「よし！　素晴らしい淑女に育てて、ゆくゆくは東宮妃（皇太子妃）から皇妃へ…。くっくっくくくく…、わぁはっはっはっは！」

母の梅子は、ちょっと引きつった笑顔で龍太郎を見上げている。身分制度の色濃く残るこの時代で、皇族の血統や猶子の家系でもない高城家にお鉢が回ってくる事はあり得ないのに…。

父は野望だけは大きいようだ。

生まれた女の子のほっぺたがぷくぷくとしていたのには理由がある。

当時の日本人の食事は、白米に漬け物、味噌と少々の野菜。希に魚が食卓に上るといった状態で、これは、庶民も上流家庭もほとんど変わりが無い。

「こんな食生活じゃ、日本人の身長が低いのも仕方ないよね」

日本人の身長は有史以来、１８００～１９００年頃までが一番低い。これは米の生産が伸びて、白米中心の食生活になったためだと言われている。そして、それにつれて脚気（ビタミンＢ１不足による死に至る病）が蔓延するのだ。

ちなみに、１９０４年から始まった日露戦争では、戦死者４万７千名の内、２万８千人から３万人が脚気で死亡したと言われている。ちょっと玄米を食べれば、３万人もの将兵が死ななくても良かったのだ。知識があるかどうかは、まさに一国の運命をも変えるのである。


乳児の頃は、お腹いっぱいになっても頑張って母乳を飲むようにした。その為、母親だけでは足りず、他に４名の乳母を手配しなければならないくらいだった。

「かあたん。たまご・おにく・おさかな、むぎ、げんまい」

俺は言葉が話せるようになった１才の終わり頃から、片言の単語で、食べたいものを要求するようにしていた。乳幼児が玄米を要求するのはどうかとも思ったが、背に腹は代えられない。食事の量が少ない時は、遠慮無く泣きわめいて、もっと栄養のある食べ物をよこせ！と要求する。まあ、手のかかる赤ちゃんだっただろう。今世においては、最低でも身長１７５センチメートルの獲得を目指して頑張るのだ！

しかし、そのおかげで高城家の食卓には、毎食、卵か鶏肉か魚が出されるようになり、当時の日本人としては、すこぶるバランスの良い健康的な食事環境になっていた。そのため、生まれた女の子も体重３千グラムと、当時の新生児としては栄養状態も良く大きめだった。

父も母も、とても健康的な生活を送っているような気がする。母は17才で俺を生んだ事もあり、妹が生まれた年でもまだ22才の若さ。皆がうらやむような健康美人だ。そして父は39才。こんなに年の離れた若くて美人の嫁さんがいるなんて、なんてうらやまけしからん！そんな事を思いつつも、俺は母との毎日の入浴を密かな楽しみにしているのだった。

第八話　まずは環境整備

１９０７年６月　高城蒼龍　６才

父の名は高城龍太郎、小石川にある陸軍の「東京砲兵工廠」に勤務する技術士官だ。年齢は40才。階級は中佐。高城の家は元々中部地方の大名の出身で、男爵位を賜っている。大名と言っても、下から数えて何番目というような、小規模なものだったのだが。

１９０４年から翌年にかけて日露戦争があり、出征こそしなかったが、龍太郎はほぼ工廠(こうしょう)に泊まり込む勢いで銃や砲弾の生産管理に明け暮れていた。

日露戦争が終結した後は家族と過ごせる時間も増え、骸骨のようにやつれていた姿も、今では健康な〝中年〟の姿に戻っていた。

この頃の龍太郎は勤務が終わった後に、購入した技術系の書籍を自宅で読む事が日課だった。この時代の技術系の書籍のほとんどは、英語、ドイツ語、フランス語で書かれていたため、龍太郎は外国語の習得にも熱心に取り組んだ。

また自宅には大きな製図板が有り、主に野砲や牽引砲の図面を引いていた。

「父上、お願いしたい事があります」改まって父親に話しかける。

「自分も、父上と同じように技術士官を目指したく思います。そのために、自分用の製図板を買って頂けないでしょうか？」

自分が持っている知識を、できる限り早く図面にして実用化したかった。この時代でも知識さえあれば出来る事はある。自分が図面を描いて父に渡し、陸軍で実用化させる事にしたのだ。

「そうか！　お前も技術士官を目指したいのか！　父は嬉しいぞ。製図板をすぐに手配してやろう」

「ありがとうございます。父上。それと、自分は父上に謝らなければならない事があります」

「なんだ？　何かしたのか？」

「はい。父上がお仕事に行かれている間に、父上の書籍を勝手に読んでいました」

「な、な、何だとぉー！」

龍太郎は焦りに焦った。子供が父親の書籍を勝手に見ていた。自分が持っている本の中で、子供が興味を示しそうな書籍と言えば『春画（当時のエロ本）』くらいしか思いつかない。巧妙に隠していたはずなのに、なぜ発見できたのだ？

「ま、まままま待て、蒼龍よ。そそそそ、その事を梅子には言ったのか？」

「いいえ、母上には言ってはおりません。どうしても欲求に耐えきれず、父上の大事な大事な、工学の書籍を読んでしまいました」

「こ、工学の書籍…かぁ。驚かせよって。まあ、機械の図面などが掲載されているから興味を持ったのか？　それで製図板が欲しいと」

「はい。それで、あの、父上の持っている書籍は全部読んでしまったので、新しい工学書を買って頂く事は出来ないでしょうか？」

「ん？　しかし、お前はもう漢字が読めるのか？　それにあそこにある本は、ほとんどが外国語であろう。全部読んだとはどういう事だ？」

「はい。一緒に辞書もありましたので、調べながらすべて読みました」

「仏語や独語の本もすべてか？」

「はい、すべて読み終えました」

本当は、英語・フランス語・ドイツ語・ロシア語・中国語もネイティブ並に読めるし、当時のレベルの工学書など読む必要は無いのだが、幼児ではする事もないのでひたすら読んでいたのだ。

また、自分自身が天才である事を強く印象づけて、自分のアイデアや意向が通りやすくする目的もある。

「なっ？　まことか？　もしそうだとしたら、これは希代の天才かも知れぬな」

一週間後、高城の家に製図板と定規類、そして製図用鉛筆が届いた。

まず最初に取りかかったのは、製図板用の〝ドラフター〟の設計だ。当時の製図板は、紙を乗せる大きな板と、T型定規などを組み合わせただけのものだった。それでも充分に製図はできるのだが、１９５３年に武藤目盛彫刻が製図板とアーム式の定規を組み合わせてからは、製図の効率が向上し、その構成がスタンダードとなったのだ。

「父上。私が描いた初めての図面です。これを、父上のお力で作って頂く事は出来るでしょうか」

「これは…、面白いな。製図を描き易くするための道具を製図したのだな」

図面は龍太郎が持っている書籍を参考にして、明治期のルールに従って書いてある。そして、摺動部や可動部も確実に誤差の無いよう動作するように、０・０１ミリメートル単位で指定した。

龍太郎はそれを一読してすぐに、〝図面を描くための道具〟の図面だと理解する。

「さすが父上。ご慧眼です。父上が製図されている姿を見て、このような補助具があれば、作業がさらにはかどるのではないかと思いました」

「面白い。早速作らせよう」


二週間後、ドラフターの試作機が完成した。図面を描く時に誤差が出ないよう、剛性にも充分余裕を持たせてある。

龍太郎は、その試作機を使って早速図面を引いてみた。

「すごい！　すごいぞ！　この補助具は！　今までより何倍も製図が捗る！　しかし、私の製図作業を見ただけで、このような道具を考えるとは。我が子とは言え末恐ろしいな」

この補助具は「四十式自在製図定規」として、瞬く間に陸軍海軍に普及したのである。

――――

「ねえねえ、何の設計図を描くの？」

製図板にドラフターを取り付けていると、リリエルが興味津々に聞いてきた。

「そうだね。まずは今の日本の工業力で作る事が出来て、人々の暮らしをよくする物からかな？」

「へぇ。武器とかじゃないの？　あんたなら最初に核弾頭とかの設計図、描くかと思ってたわ」

「人をマッドサイエンティストみたいに言うなよ。それに、そんな物を描いても、今の工業力じゃ全然作れないよ」

「あっ！　じゃあ、コレ作って！　私の8分の1フィギュア！」

「T型定規と雲形定規でかよ。却下だよ、却下」

6歳児が小型高性能エンジンの図面を描いたりするとあまりにも不自然なので、とりあえず日常生活を便利にする道具の製図を描き、父の龍太郎に渡した。そして将来、必ず実用化しなければならない兵器の図面も、密かに描き始めるのであった。

第九話　入学

１９０８年４月
学習院初等科に入学する事となった。高城家は大名の血筋であり、望めば学習院に入学する事が出来た。１９０１年に高城家の長男として転生したのは偶然なのか、それとも何かしらの意図があったのかはわからないが、いずれにしても蒼龍にとっては僥倖であった。

――――


「いよいよね」リリエルは胸を張って直立し、後ろ手を組んで蒼龍に話しかける。

「ああ、すべてはこれからだ」

蒼龍は椅子に座り、両肘を机について手を鼻の前に組んでつぶやいた。

「う…ぷ……あーははは――――。あんた、ほんと面白いわねー！　オタクねー！」

「リリエル、笑いすぎだろ！　お前が振ったんだろ！」

「なんかね、魂が融合してから、あんたの〝ツボ〟がわかるようになっちゃったみたい。だんだん自分がダメ人間（天使）になってくのが心地いいわー！　しっかし、あんた、ほんとオタクね！　どれだけアニメ見てマンガやラノベ読んできたの？　あんたの記憶にあるの読んでたら、飽きないわー」

「まあ、それも今回の為に用意された〝神の計画〟だったのかもな。これが、入学してすぐに使う秘密兵器だ」

蒼龍は30冊以上にも及ぶ、自分自身で書いた本をぽんぽんと叩いてニヤリと笑った。


学習院初等科入学式。

蒼龍は、いずれこの国の元首となる皇孫殿下と同じクラスに入る事が出来た。これは、蒼龍の計画にとって必須と言って良かった。


日本でクーデターを起こして実権を握り、21世紀の技術をもって世界から戦争を排除するという計画は断念していた。その代わりに蒼龍が採用したのは、強烈なカリスマを持つ人物に近づき、その影響力をもって日本を導き、世界を変えていくという方法だ。

そのためには、必ず皇孫殿下の信頼を得て、その腹心にならなければならなかった。

そして蒼龍は、父・龍太郎に学習院に入りたいという意向を告げた。龍太郎は感激し、旧知の陸軍幹部らに、いかに蒼龍が優秀であり皇孫殿下の学友にふさわしいかをアピールした。

また近年、龍太郎が「四十式自在製図定規」を発明した事により、軍の設計業務が著しく改善した功績も考慮されたと言える。

「蒼龍よ、殿下となんとしても親しくなり、信じられないくらいかわいらしい妹がいる事を、それとなく強烈に宣伝してくるのだぞ！」

まあね、それくらいの事はしても良いよ。でもね、今の時代、殿下のお妃候補を決めるのは元老のご老人なんだよね。悲しいけどこれ、現実なのよね……。

そしてめでたく、皇孫殿下と学友になれたのである。

入学式は、院長の乃木希典(のぎまれすけ)の訓示から始まった。

乃木希典は、日露戦争において陸軍第三軍を率い二百三高地を戦い、旅順要塞を攻略した功労者である。乃木はその戦闘で2人の息子を亡くしている。その実績と人柄を買われて、そして、亡くした子供の代わりにと、明治天皇より学習院院長就任の勅命を受けたのだ。

入学式が終わった後、殿下と我々は教室に移動した。そして自己紹介が始まる。殿下は一番最後のようだ。

「高城蒼龍です。勉学と運動に励み、将来殿下をお支えする事の出来る、忠臣になりたいと思います。趣味は、新しい機械を発明する事と、蹴球（サッカー）です」

とりあえず、無難な感じで言ってみた。

その後も、学友たちの自己紹介が進む。皆、自身の実家の爵位や父親や先祖の功績を披露し、殿下の忠臣になる事を誓った。

――それって、自己紹介じゃないよなぁ……――などと思っていると、

「大岬太郎(おおみさきたろう)です。世界一の蹴球選手になって、日本男児の力を大英帝国に見せつけたいです！」

――むむむ！　大岬太郎！　なんと香ばしい名前。まさにサッカーをするために生まれてきたような少年だな！――

大岬くんの父上は、東京高等師範学校の教師をしていて、そこでサッカーチームの監督をしているとの事だ。爵位は子爵。

蒼龍も前世では、サッカーで全国優勝を目指した事もあるほどの上級者。ふつふつと、野望が沸き立ってきたのだ。

――よし！　大岬くんとサッカーチームを作って全国優勝！　いや、１９３０年の第一回ワールドカップで優勝！　そして、オリンピックでも優勝を実現して、日本を世界一のサッカー強豪国にするぞ！　俺と大岬くんがいればきっと出来る！！――

早速、乃木院長に子供用のサッカーボールの入手を直訴した。

「あんた、当初の目的、忘れてない？」リリエルはあきれていた。

第十話　おともだち

自己紹介の後の休憩時間。

「殿下、お初にお目にかかります。○○伯爵の長男、△△にございます。殿下の忠臣となれるよう、全身全霊をもって努力したいと思います。なにとぞ、お見知りおきを」

皆が順番に、殿下に挨拶をする。

そして、高城蒼龍の番。

「高城蒼龍と申します。殿下にお願いがございます。私を、〃ともだち〃にして頂きとうございます」そう言って、右手を差し出す。

「これは…？」

「はい、殿下。〃シェイクハンド〃と言います。英国流の〃ともだちの証〃にございます」

同級生達がざわつく。

「た、高城くん！　殿下に不敬であろう！」

「そうだ！　ぼくたちは臣下だよ！　〃ともだち〃だなんて、畏れ多い」

それぞれに、蒼龍を非難する。しかし、もちろんそんな事で蒼龍は動じない。見た目は子供、頭脳はおっさん。もう中年にさしかかる年齢なのだから、小学生程度の非難など、どこ吹く風だ。

「殿下、何とぞ私を〝ともだち〟にしてください！」

「ともだち…」

「はい、殿下。〝ともだち〟であります！」

殿下はおそるおそる、蒼龍の差し出している右手を取り握手をする。その様子はもどかしくぎこちない。

――か、かわいい！――

その仕草は、どうにもかわいくて、蒼龍はきゅんきゅんしていた。

「高城くん、これで、私と高城くんは〝ともだち〟なんだね！」

「はい、殿下。殿下と私はこれで〝ともだち〟です！　私の〝初めてのともだち〟になって頂いて、本当にありがとうございます！」

「そうか、初めての友達なんだね。私にとっても、高城くんは〝初めてのともだち〟だよ」

「はい、殿下。ありがとうございます。〝ともだちの絆〟は、永遠なのです。例え何があろうと、夷狄(いてき)が攻めてきて、どんな危機におちいろうと、その〝ともだちの絆〟は常に輝き、夷狄を滅ぼす力となります。そして、この教室に居る全員を、殿下の〝ともだち〟にして頂きとうございます」

「そうだね！　みんな、みんなともだちだよ！」

殿下は皆の手を取り、〝ともだちの証〟を交わしていった。

――ものすごく、ほほえましいね。担任の先生になった気分だよ――

蒼龍も教室のみんなと〝ともだちの証〟を交わしていく。そして大岬くんに、

「大岬くん、蹴球が好きなんだね！　ぼくも大好きなんだよ！　一緒に世界を目指さないか！」

「世界…。世界って、英国を倒すって事？　やろう！　やろうよ、高城くん！　一緒に英国を倒して、世界一になろう！」

「じゃあ、昼休みにちょっとボールを蹴ってみない？　遊戯用だけど、ちょうど良い大きさのボールがあるみたいなんだ！」

大岬くんは〝ボール〟という単語を知っていたが、他のみんなは〝ぼおる？〟という感じだった。英語がほぼ普及していない明治期なので、小学生が知らなくても当然だ。

——ついつい、英単語が出ちゃうよね。ま、みんなに慣れてもらえばいいか——


昼休みの校庭。

「じゃあ、パスするね！」

そう言って、蒼龍は大岬くんにパスを出す。グラウンダーでまっすぐ蹴り出した素直なパスだ。

大岬くんはそのパスを、右足のインサイドで受けて勢いを止め、ぴたっと足下に収めた。

——すごい！　基本がきっちり出来てる！——

大岬くんから鋭いパスが帰ってくる。蒼龍はそのパスを受けると、そのまま横に走り出し、ドリブルをしながら大岬くんにパスを返した。大岬くんも同じ方向に走り出し、パスを受け、ドリ

ブルをしてパスを返す。言葉を交わす必要は無い。２人はボールで会話をしていた。

そして、校庭の壁が近づいた頃合いに、蒼龍はクロスを入れた。ちょうどボレーシュートが出来るように合わせた、絶妙のクロス。

大岬くんはその意図を察し、クロスに合わせてボレーシュートを放つ。ボールは見事に校庭の壁に大きな音をたててぶつかった。

「すごい！　すごいよ、岬くん！　じゃなかった、大岬くん！」

「高城くんもすごいね！　それだけ蹴球が出来る人は、高等師範学校でも少ないよ！」

大岬くんは、幼少の頃より父親からサッカーの技術を学び、時々、高等師範学校の蹴球部の練習にも参加をしていたそうだ。

――まさに英才教育だな――

そしてこの日から、２人のワールドカップへの長い旅が始まる…。

第十一話　愛と勇気と根性と

「高城くん！　なぜ殺したんだ！」

いつもは冷静で、感情を表に出す事のない殿下の怒声に、教室の級友達は凍り付いた。しかも、

「高城が誰かを殺した」という、にわかには信じられない物騒な発言。

「唯一の親友を、友を、なぜ、なぜキミはジークベルトを殺してしまったんだ！！」

殿下は涙を流しながら詰問してくる。

「で、殿下、落ち着いてください。あれは物語にございます」

学習院初等科に入学してすぐに蒼龍は、皇孫殿下に自身が執筆（盗作）した小説を渡した。一度に渡すと、万が一侍従などに発見されて読む事を禁止されては台無しなので、毎週数十ページずつ、殿下が無理なく読める分量を渡す。そして殿下が読み終わった後は、同じクラスや別のクラスの同級生に回して、皆に読んでもらっている。

題名は『大銀河英雄奇譚』

舞台は西暦４０００年。銀河全域に版図を広げた人類は、ドイツ帝国から発展した「大銀河独逸帝国」と、その支配に反発する、アジア圏（日本を除く）の人々が中心になって立国した「銀河民主主義人民共和国」との宇宙戦争を描いた超大作だ。

大銀河独逸帝国では、「ラインホルト・アーベントロート」が無能な皇帝を廃して自身が皇帝となり、不正を質し、公平な治世を行い国は富んでいく。その過程で、唯一の友であった「ジークベルト・キルヒアイン」を、自らの判断ミスにより死なせてしまう。一方、銀河民主主義人民共和国ではポピュリズムが蔓延し、民衆に対して心地よい政策や、選挙対策の戦争ばかりするようになり、国力の低下や政治の腐敗が蔓延する。そんな中、共和国の軍人「楊文理」は、シビリアンコントロールと民主主義の機能不全にもがきながらも、全銀河的な民主主義の実現を目指して戦う。

そして、ラインホルトと楊文理との最終決戦において、双方、甚大な被害を出しながらも講和にこぎ着け、現在の大日本帝国のような民主議会のある立憲君主制に移行していくというストーリーだ。

「しかし、民主議会というのは、こんなにも腐敗してしまうものなのか？　我が国にも帝国議会があるが、それも腐敗していくのだろうか？　また、やはり専制君主制において、皇帝が暗愚だと、どうしようもないものなのだろうな」

「殿下。民主議会は必ず腐敗するというわけではありません。それを防ぐために、三権を分立させ、それぞれが、不正がないかを見張るのです。今の帝国憲法にも、三権分立がうたわれております。また、普通選挙を行うには、国民の知識水準も高くなければなりません。政治家の言っている事が、良い事なのか、そうではない事なのかを判断する智慧も国民に求められるのです。それに、日本は帝国憲法によって、お上（天皇）の権限に制限を設けております。例えば、お上には立法の大権がありますが、それは、『議会の協賛をもって』と記載されておりますので、議会を無視した立法は出来ないようになっています」

「なるほど、高城くんは物知りだな。帝国議会に三権分立が書かれているという事は、我が国の政治体制は優秀であるという事なのだな」

「はい、殿下。確かに三権分立の記載はありますが、まだ不完全な部分もあると思います。たとえば、内閣総理大臣の決定方法については、帝国憲法には記載がありません。慣例的に元老が推挙し、お上（天皇）が任命するという形を取っております」

「そうなのか？　それは知らなかった」

「もしも、お上が任命した総理大臣に反対する事が、〝お上の意向をないがしろ〟にしているといった主張がされた場合、反論できなくなる可能性もあります。また、お上は『五箇条の御誓文』の第一で、『広く会議を興し万機公論に決すべし』と言われました。しかし、『国安を妨害すると認められるものは、内務省においてその発行を禁止または停止すべし』という政令があり、内務大臣が『国安を妨害する』と判断すれば、新聞の発行を停止させたり、記事を書いた新聞記者を逮捕したり出来るのです。これでは『万機公論』は望むべくもありません」

「しかし、国安を妨害するのは悪い事なのではないのか？」

「はい。もちろん、武力によって政府を転覆したり、皇室を廃したりするような言論は取り締まらなければならないでしょう。しかし、政府の政策や軍の意向に反対したというだけで取り締まられる事もあります。実際、日露戦争に反対したという理由で多くの人たちが逮捕され、処刑されました。たしかに、日露戦争はお上の詔勅により開戦いたしましたし、この戦争は必要であったと思います。しかし、反対しただけで逮捕されるのは『万機公論』に反しないでしょうか？　このような事が続けば、『万機公論』は有名無実となってしまいます。また、何が『国安を妨害する』のかの基準も明確ではありません。お上の御心を、踏みにじる事のないようにしなければならないと考えます」

「なるほどな。誰もが自身の考えを、自由に言えるようにならなければならない。それが陛下のお望みという事だな」

「はい、殿下。言論の自由が無ければ、時の為政者が自分に都合の悪い言論を封殺してしまう事が出来ます。それに、このような事を私が言っている事が、先生方や侍従の方々に知られたら、私は逮捕されるかも知れません。今現在は、言論の自由はないのです。このように、五箇条の御誓文に込められた、お上の御心を無視するような事が決してあってはならないと思います」

五箇条の御誓文や教育勅語などの、天皇陛下の御心を大事にしましょう！　とアピールしつつ、専制君主制や民主主義のメリット・デメリット、そして、言論の自由や基本的人権の重要性を説いていく。

そして、蒼龍は次々に小説を書いて（盗作して）、殿下に渡し、愛と勇気と努力と根性を伝えるのであった。

※参考（一部）

『宇宙戦艦　三笠』：戦艦三笠を宇宙戦艦に改造して、地球を救うために、遙か銀河の彼方、天女の住む星へ旅をする物語。第二部では、突如地球に攻めてきた、「白色人帝国」と激闘を繰り返し、刀折れ矢尽きた三笠は最後の武器、「命」をもって白色人帝国の巨大戦艦に特攻する。

『頂点を目指せ！』：地球に侵略してくる宇宙怪獣を、２人の少女が巨大合体からくり人形に乗って迎え撃つ物語。最終話では自らの命も省みず、暗黒洞穴爆弾を爆発させ、１万２千年後に地球に帰還する。

第十二話　欧州大戦勃発

１９１２年　明治天皇崩御。皇孫殿下は東宮（皇太子）殿下になられた。
１９１４（大正３）年　欧州大戦（後の第一次世界大戦）が勃発。

「やっぱり、史実通りになっていくんだね」、13才の蒼龍はつぶやく。

「そりゃそうよ。あんたが何かしないと、歴史が変わるわけないじゃん。学習院の生徒がちょっと入れ替わったくらいじゃ、何のバタフライ効果も期待できないわ。サッカーばっかりやってんじゃないわよ！」

「サッカーはサッカーで、遠大な計画があるんだよ。この前、説明しただろ」

この年、蒼龍たちは学習院初等科を卒業し、東宮と一緒に「東宮御学問所」に入学していた。東宮御学問所は、日露戦争で連合艦隊を指揮した東郷平八郎が所長を勤め、殿下に帝王学を学んでもらうために設立された機関である。

「殿下、今般の欧州での戦争が、この後、どのように推移していくかを予測した論文になります。幸いにも、私の父は洋書を購入するために〝つて〟があり、欧州の最新情報を手に入れる事が出来るので、その情報を元に考察しました」

蒼龍は欧州大戦がどのように発生し、どのように推移するかを詳細に記載した論文を東宮に渡した。考察したと言ったが、歴史を知っているのだから詳細に書けるのは当たり前である。

「それでは、ドイツ帝国やロシア帝国は崩壊し、世界新秩序が誕生するという事か！　なんと、大胆な予測！　しかし、ここに書かれている『戦車』や『潜水艦』『毒ガス』は、本当に戦場で使われるのだろうか？　また、飛行機の性能も短期間でこんなにも向上するものだろうか？」

「はい、殿下。私の予測によれば、間違いなくこのような兵器が戦場に現れます。現代の全面戦争は、国力の全てを注ぎ込んで技術開発をするので、急激に技術が進歩するのです」

「しかし、この欧州大戦で２千万人もの無辜の民が死ぬというのか？　軍人を入れると３７００

万人も死ぬと？　信じられぬ。国とは民を守るためにあるのであろう？　その民の犠牲をここまで顧みずに戦争が出来るものなのか？」

「殿下、一度暴走を始めた機関車は、なかなか止める事が出来ないものなのです。戦争とは始めるよりも、どう終わらせるかが難しいのです」

そして、欧州大戦は蒼龍が記したとおりに拡大していく。

1914年12月
東京市高輪　高城家
「こんにちは、だれかいらっしゃるかな？」

蒼龍が1人で留守番をしていると、玄関から声がする。蒼龍が応対に出ると50歳くらいの男性が立っていた。

「こんにちは。軒先につるしている干し柿を何個かわけてもらえないかな？　お代はもちろん払うよ」

広東語なまりの日本語でその男性は蒼龍に干し柿を分けて欲しいと言ってきた。身なりはしっかりしており顔も精悍で、どこから見ても上流階級の紳士に思える。

「良いですよ。脚立を出すので、好きなだけ取って下さい」

蒼龍は流ちょうな広東語で返答をした。

「おや？　君は広東語が出来るのかい？　しかし、とても流ちょうに話すね」

蒼龍とその紳士は、しばらく広東語で歓談した後、意気投合したのか２人で外出をしていった。


１９１７（大正６）年３月　高城蒼龍　15才

高城蒼龍は、飛び級で東京帝国大学に入学する事になった。

「高城くん、私の元を離れて、東京帝国大学に進学してしまうのだね。残念だよ。欧州大戦はきみの予測通りになって、ロシアではニコライ２世が退位し、ソビエト会議が権力を握った。きみはどうしてそんなに未来の事がわかるんだね？」

東宮は悲しそうな表情で蒼龍に話しかける。自分にとって人生で最初のともだち、そして最高のともだちである高城蒼龍が別の道を歩もうとしている。

蒼龍は自分に対して常に適切なアドバイスをしてくれた。多くの事を教えてくれた。さらに、伊藤博文の暗殺や韓国併合、辛亥革命も言い当て、欧州大戦やロシア帝国の崩壊も予測した。

東宮は、どうしてこれほどまでに未来の事が解るのか、常に不思議に思っていた。もしかしたら、高城蒼龍には神がかり的な何かがあるのではないかと。

「はい、殿下。実は、私は殿下に秘密にしていた事がございます。私は時々夢を見るのです。それは、近い将来に起こる事件の夢です。そして、それはほとんど的中してしまうのです」

「な、なんと！　それはまことか？　それでは、未来に起こる事が全てわかるというのか？」

「いえ、殿下。その夢は時々しか見る事はありません。全てがわかるというわけではないのです。しかし大きな事件の前には、必ず見ます。それは、百年後から来た未来人が、私に語りかけるという夢なのです。もしかしたら、未来の超文明の人間が、私に伝言をしているのかもしれません」

「なるほど。そうだとすれば、高城くんの優秀さがより理解できるような気がするよ。きみは選ばれた人間なのかもしれないね」


蒼龍は、嘘と真実を織り交ぜながら東宮に話していく。

「そして、これから話す事は非常に重要な事です。絶対に口外してはなりません。殿下が口外してしまえば、それを恐れる勢力によって、私が害される可能性があります。お約束して頂けますでしょうか？」

「高城くん、きみとの、ともだちとの約束だ。これは、天地神明に誓って口外しないよ」

「ありがとうございます。欧州大戦が終わった後、日本は中国大陸に進出し、愛新覚羅溥儀を皇帝に据えて、中国東北部に満州帝国を作ります。これは日本の傀儡政権です。そして、日中戦争へと発展してしまい、さらに、欧州で二度目の大戦が始まり、日本はドイツと同盟を組んで、英米と戦います。この戦いは混迷を極め、ついに日本の連合艦隊は全滅、東京、大阪、名古屋などの大都市は爆撃機による空襲によって焼かれ、何百万人もの無辜の民が殺されてしまいます。そして最後に、広島と長崎に、アメリカが開発した新型爆弾が一発ずつ落とされます。その新型爆弾は、たったの一発で広島と長崎を灼熱の業火によって〝蒸発〟させてしまいます。そこに住んでいる20万人の婦女や子供たちとともにです。そしてついに焼け野原になり、民族存亡の危機に陥った日本は、英米に無条件降伏をするのです」

蒼龍は〝事実〟を淡々と話していく。何もしなければ、確実に訪れる悲劇。それを黙って聞いている東宮の顔は、みるみる青ざめていき、かみしめた唇には血が滲んでいる。

「そんな…。そんな未来が待っているのか…。そうだ、その時の天皇は誰なのだ？　今上か？　それとも…」

蒼龍は固唾を飲み込む。当然伝えなければならない。しかし、この事実に殿下は耐える事ができるだろうか？

「はい、殿下。その時の天皇は…、殿下にございます」

東宮にとっては、あまりにも衝撃的で残酷な告知。自身の治世において、神武天皇以来初めての国家の敗戦と占領、そして何百万人もの無辜の民を死なせてしまう。それを自分自身は防ぐ事が出来ない。

東宮はうつむき、ぼろぼろと涙を流し始める。

「なぜ、なぜ私は、そんな無謀な戦争の詔勅を出したのだ…、なぜ、そんなに国民が死んでいるのに戦争を止めなかったのだ…なぜだ？　教えてくれ！　高城くん！」

「はい、殿下。その頃には言論や出版の自由は全く無く、日本軍が負けている事も、空襲で無辜の民が多く死んでいる事も正確には伝わらなくなっております。それは、殿下に対しても同じで、殿下の所にも、被害を矮小化した報告しかなされません。残念ですが殿下も、最後の最後まで、正確な事実を知る事が出来なかったのです。時の為政者が、軍部が、自分に都合の良いように情報をねじ曲げていたのです。『国安を害す』という名目で情報を隠し、彼らは最悪の形で国安を害してしまったのです」

「そうか…、そうなのだな…。本当の事に、最後まで気づく事は出来なかったのだな。何と無能な事よ。これでは皇祖に顔向けが出来ぬ。私は高城くんが書いた、ラインホルトの様な英雄にはなれないのだな…」

「殿下、悲観してはなりませぬ。諦めてはなりませぬ。高城は、そうならない為に意を決して殿下に告白いたしました。必ず、未来を変える事ができます、いえ、変えて見せます！　そのために、私は学習院で仲間を作りました。そして東京帝国大学でも、未来を変える為の仲間を集めます。そして力を、もっと力をつけます。この大きな歴史の奔流に逆らえるだけの、力を付けとうございます。どうか殿下、この悲劇的な未来を変える為に、私と一緒に、一緒に戦って頂きたく存じます」

「未来を、未来を変える事ができる…。そうか、そうだな。高城よ。私は、この日本を救う事ができるだろうか？」

「……はい、殿下以外の何者に、それがかないましょうか」

第十三話　仲間が増えた

１９１７年４月　東京帝国大学

「大学に入ってても、毎週皇太子に呼び出されてるわね。あんたたち、どんだけ仲がいいの？」

ふくれっ面をしたリリエルが話しかける。

「何？　もしかしてジェラシー？　殿下にカミングアウトしてからは遠慮無く、これからの計画を一緒に練ってるんだよ」

「ちゃっちゃと超兵器作って、世界を統一しちゃいなさいよ！　あんたなら出来るでしょ！」

「だぁーかぁーらぁー、一朝一夕には行かないって説明しただろ。超兵器を一つ作っただけじゃダメなんだよ。それを継続的に生産できる工業力や技術力、組織的に運用できるだけの人材育成、そして、それを支える兵站と、やらなきゃいけない事は山ほどあるんだよ」

「そんなに悠長な事をしてて大丈夫？　今も、ヨーロッパですごい人数、死んでるわよ」

「そうなんだけど、15才の学生じゃ、どうしようもないね。とりあえず、あと数年で殿下は摂政に就任するから、そうなれば、憲法改正以外の大権が手に入る。で、まず殿下には殿下直属の『宇宙軍』を作ってもらう事になってる、ってリリエルも一緒に聞いてただろ？」

「そーだっけ？　そういや、そんな話をしていたような気がするわね。それでそれで？」

「あのさー、俺の頭の中のマンガとかアニメばっかり見てるから、ちゃんと聞いてないって事になるんだろ？　俺と殿下が話してる時くらい、マンガ読むのやめて聞いとけよな」

「わかったわよ。で、どんな計画になったの？」

「まず、最小規模で良いから、皇太子直属の宇宙軍を設立してもらう。で、もちろん俺はそこに配属になる。周りからは、皇太子の軍隊ごっこ程度に思われておくのが一番良いね。で、アメリカやヨーロッパにダミー会社を設立して、そこでの活動拠点を作るんだよ。情報収集の拠点にもなるしね。それと同時に、人材の発掘や教育を行い、新技術を開発して日本の基礎工業力を、〝密かに〟底上げしていく。新しい技術があまりにも外国に流出したら、ドイツやアメリカで、史実より早く核兵器を作られてしまう可能性もあるからね。それだけは避けなきゃいけない。技術の流出には慎重にならないと」

「なるほどねー。ちゃんと考えてたのね。安心したわ。でも、なんで宇宙軍？」

「最初は空軍にしようと思ったんだけど、空軍だと、常に海軍と陸軍と連携だとか、飛行機はどっちが開発するかだとか、変なしがらみがありそうだからね。宇宙軍だと、あまりにもやってる事が理解されなくて、自由に出来るかなって」

「なるほどねー」

「きみが高城くんかい？」

突然、バンカラをまとった、ちょっとむさ苦しい感じの学生に声をかけられた。

「はい、そうです。あなたは？」

「僕は甲斐忠一（かいただいち）、高城くんと同級生だよ」

「あ、はい、よろしくお願いします」　――なんか、暑苦しい男だな――

「高城くんは、首席で入学したんだってね。しかも、飛び級で」

「はい、そのようですね」

「僕は次席だったんだよ。ぼくはね、生まれてから今まで、勉強では誰にも負けた事はなかったんだ。それなのにね、僕より年下のキミが首席で僕が次席なんて、何かおかしいとは思わないかい？」

「いえ、べつに」

――なんだろう？　このラノベによくあるテンプレ展開。ものすごい既視感がある――

「それでね、これは白黒つけないといけないと思うんだ。どうだい、僕と勝負しないか？」

「ええっと、それはいいですけど、何で勝負するんですか？」

「聞くところによると、数学と物理が得意なんだってね。僕も数学と物理では誰にも負けた事がなかったんだよ。だから、数学と物理で勝負をしようじゃないか。東大の中西先生が私の父と旧知でね、今回のために特別に問題を作ってくれたんだ」

こうして、中西先生の研究室に行く事になった。

「やあ、良く来てくれたね。今年の首席と次席が来てくれるなんて、とても嬉しいよ」

年の頃合いは50歳前後で、とても気さくな感じの先生だ。

「中西先生、よろしくお願いします。問題はもう出来ているでしょうか？」

「ああ、出来ているよ。大学卒業程度の水準にしているから、事前に相当勉強してないと解けないと思うけど、大丈夫？」

「はい、大丈夫です。私はフーリエ級数もリーマン幾何学も習得しています。高城くんも、それくらい大丈夫だよね？（ニヤリ）」

勝負なんてどうでもいいと思ってたんだが、なんだか、こいつにだけは負けたく無くなった。

「はい、もちろん大丈夫です」

「それでは、始め！」

数学の大問5と、物理学の大問5の試験問題だ。ざっと見た感じでは、優秀な大学生で2時間くらいのボリュームだろう。

1時間後。

「出来ました」俺は手を上げて宣言する。

「えっ!?」

問題を一生懸命解いている甲斐と、椅子に座って何かの論文を読んでいた中西先生が同時に声を上げげた。なんというテンプレ。

「もう出来たのかい？　何か、勘違いとかそんなんじゃないよね？」

「はい。このレベルの問題なら造作も無い事です」

中西先生は早速採点を始めた。

隣の甲斐は、高城の回答が間違っている事を信じて、一心不乱に問題を解いている。

「ぜ、全問正解だよ。この証明問題も、こんなに簡潔に証明するなんて……」

バンッ！！　甲斐が、両手の拳を机にたたきつけた。

「なぜだ！　なぜ俺は負けたんだ！！」

——坊や、だからじゃないかな？——　俺は心の中でつぶやく。

甲斐はプルプルと肩をふるわせている。なんだか、ちょっとかわいそうな気がしてきた。

どーするかなー、と困っていると、突然、甲斐が土下座をしてくる。

「高城先生！　どうか、どうやったら高城先生のような、高みに上れるのか教えてください！」

暑苦しいんだか、潔いんだか…。

「甲斐くん、よしてくれよ。ぼくはね、学習院で東宮殿下と同級生だったんだ。そこでね、将来殿下の剣となり楯となり王道をお支えすると誓ったんだよ。その時から、ぼくは寝食を惜しんで勉強したんだ。それが今のぼくなんだよ」

もちろん嘘である。

「今のぼくがあるのは、殿下のお力のおかげなんだ。ぼく1人で出来た事じゃない。だから、そんなに気にしなくて大丈夫だよ」

「そ、そうなんですね！　それでは、私も東宮殿下の王道のお手伝いをさせてください！　殿下のお力となれるよう、高城先生、ぜひ導いてください！」

——優秀な仲間ゲットだぜ！（性格はちょっとアレだけど…）——

第十四話　大日本帝国宇宙軍設立（1）

1918年5月

「寺内首相、昨今の物価高騰で国民は生活に困っていると聞く。どのような対策を講じているのか聞かせてもらいたい」

この頃になると、天皇は病気療養のため、東宮が公務を代行する事が多くなっていた。そして東宮は国政について、積極的に現状や政府の意向を聞くようにしていた。

「はい、殿下。物価の高騰には注視すべきところがあります。昨年、『暴利取締令』を出しましたが、どうにも効果が薄く、政府もいろいろと追加対策を講じているところであります」

「そうか。特に、米の価格上昇は庶民にとって困りものではないだろうか？　それに、米価の上昇の恩恵を、農家は享受できているのか？」

「はい、殿下。労働者の平均賃金は伸びておりますが、農村において小作料の上昇はそれほど見られず、米問屋や商社のみが価格上昇の恩恵を受けている次第で…」

「そうか、それにもかかわらず『暴利取締令』は効果が薄いのだな？　なれば緊急措置として、政府買取価格での強制買い入れなどは出来ぬか？」

「はい、殿下。自由経済の現状では、なかなか難しい事もございます。物価高騰対策の予算措置を講じて、何とか救済をしていきたく存じます」


当時、欧州大戦による大戦景気と、終結後の復興特需による大正バブルによって、物価は異常な高騰を見せていた。

しかし、政府は充分な対策を取れず、史実通り、１９１８年8月ごろから米騒動が勃発してしまう。しかも、米騒動の収拾がつかないので、結局政府は強制買取のできる「穀類収用令（緊急勅令）」を公布するが、この勅令を警戒した米問屋や商社が米価の値下げに踏み切ったため、勅令は施行されなかった。このように、東宮から懸念が伝えられていたにもかかわらず、政府の対策は後手後手に回ったのである。

この時代の選挙制度は、ある程度の納税者のみに選挙権が与えられていたため、大量の票を動員できる、企業家や豪農の意向を無視出来なかったのだ。

「高城よ。きみの助言の通り政府に対策を質してみたが、結局、米騒動を防ぐ事は出来なかった。国民は困窮し、私を恨んでいる事だろう」

「いえ、殿下。気に病んではなりません。為政者は常に批判に晒されるもの。一度思うようにならなかったからと行って立ち止まっていては、何も成す事はできません」

「そうだな、その通りだ高城。では、次の計画に移ろう」

この頃、高城蒼龍は東京帝国大学にて「青雲会」という有志による政治経済軍事の研究会を組織して、将来一緒に活動するための同志を集めていた。

1919年2月
東宮は、史実より2年早く摂政に就任した。これは、史実よりも多くの知識を〝高城経由で〟習得し、摂政に耐えうると判断された為である。

摂政とは、時の天皇が病気などで公務が難しくなった際、天皇の大権を代行する者である。帝国憲法下では、憲法と皇室典範の改正以外のほぼ全ての大権を行使する事が出来た。

「原首相、私からの提案書は読んで頂けただろうか？」
「はい、殿下。殿下がご心配されるとおり、農村部における乳児の〝口減らし〟や、女子の〝身売り〟は、政府としても看過できない問題と認識しております。殿下のお考えは、まことに臣民の事を思う至高の施策にございます。早速、内閣にて法律案を作り、帝国議会で可決されるよう、尽力させて頂きます」
※史実においても「芸娼妓解放令」があり、身売りや年季奉公は奴隷と変わらないという事で禁止されていたが、有名無実化していた。

こうして、大した反対もなく「大日本帝国宇宙軍」設立の議案が可決されたのである。
法律の要件としては、概ね以下の内容が記された。

・宇宙軍幼年学校および兵学校を設立し、子女の教育を主たる業務とする。
・新しい技術の研究開発を行う事ができる。
・予算は陸海軍予算の概ね２００分の１を上限とする。

・天皇が直卒し、大臣は設置しない。
・宇宙軍の傘下に外郭団体を持つ事ができる。その外郭団体の予算決算は、特別会計として宇宙軍が管理する。

法律に記載された宇宙軍の主な目的は、「幼年学校と兵学校」を設立して農村部で口減らしや身売りに出されるはずの子女を引き取り、公的に教育をすることだ。

その為、天皇の赤子(せきし)である子女を、間引いたり身売りに出すのは不忠であり、違法である旨の勅諭を出し、どうしても困窮して育てる事が出来ないのであれば、宇宙軍幼年学校か兵学校に入学させるように促した。

宇宙軍幼年学校および兵学校では、性別の制限は設けなかった。全寮制で、衣食住は全て宇宙軍の予算と寄付金によって賄われる事になった。

そして特に実現したかったのが、外郭団体とその特別会計である。特別会計であれば議会の審議を必要とせず、宇宙軍で自由に使う事が出来た。しかも、その詳細を明かさなくても良いのだ。蒼龍の今後の活動において、自由に出来る予算があるという事は必須であった。

そして、幼年学校と兵学校の一期生の受付が始まり、早速2千名以上の生徒が入学する事になった。運営に携わる職員は、とりあえず宮内省からの出向で賄っている。

「結構な人数が集まったわね。乳幼児もいるわよ。この人数が、あんたの下僕になるのね」

リリエルは、ワクワクを抑えられないという感じだ。

「下僕ってなんだよ。同志だよ、同志。彼らを教育して、日本を支える優秀な人材に育てるんだよ。そして、この中から忠誠心のあるエリートを選抜して、より強固な組織にしていく。かなり楽しみにしてるんだよ」

「しっかし、偏ったわね。大丈夫なの？」

当時、農村部での口減らしの対象はほぼ女子だった。男子なら将来の労働力になるが、女子では大した労働力にならないためだ。なので、集まった子供たちは、

「男子２％に女子が９８％かぁ…。ここまで偏るとは思わなかったね。女子だけの軍隊って、これじゃや、ラノベの設定あるあるだよ」

第十五話　大日本帝国宇宙軍設立（2）

１９１９年４月
蒼龍は帝国大学を２年で卒業し、学習院での同級生だった同志数名とともに、宇宙軍創立メン

バーとして任官された。任官されたのは以下の通りである。

・高城蒼龍　・有馬勝巳　・池田政信　・大岬太郎
・白次良田人　・三宅康正　・森川出水　・米倉友実

階級は全員中尉だが、この中では、高城蒼龍が暗黙の了解で盟主になっていた。

そして早速、かねてよりの計画を実施する。

「池田中尉、早速だが、アメリカに飛んで商会を立ち上げて欲しい。〝ハ号計画〟の通りだよ。今のところ変更は無い」

蒼龍は、宇宙軍の創立と同時に実施すべき計画を〝イ号計画〟から〝ト号計画〟まで7つの計画にまとめ、「クムラン文書」という機密文書を作って同志たちと綿密に打ち合わせをしていた。

池田政信には、21世紀の経済学を徹底的にたたき込んだ。現時点において、間違いなく世界トップレベルの経済的知識と感覚を持っている。

ハ号計画には、アメリカに商会を作り宇宙軍が活動していく上での拠点とする事が記されていた。いくつかの持ち株会社を通して支配する事により、日本の資本が入っている事を巧妙に隠す事も忘れない。

欧州大戦が終わり、下落していたNYダウ（株価）は、1929年10月まで幾度かの調整はあったが、ほぼ一直線に値上がりし、約6倍にまで達する。

また、ニューヨークの不動産価格も、欧州大戦途中から急激な値上がりを開始し、1925年まで上昇を続ける。この〝事実〟を知っている高城蒼龍にとっては、アメリカで儲ける事など造作も無い事だった。

――――

「株を買って売るだけの簡単なお仕事だよ。レバレッジを限界までかけて取引をすれば、５年で日本の国家予算規模の資金をプールできる。１９２９年10月になったら、全力で売り浴びせてさらに大もうけだね」

「売り浴びせって…あんた、容赦ないわね。世界恐慌でたくさんの人が自殺に追い込まれるのよ。わかってる？」

「わかってるけど、アメリカのバブル崩壊まで防げないよ。俺が出来るのは、日本への影響を最小限に抑える事かな。日本で深刻な恐慌が起こらなければ、結果的に軍部の暴走を抑えて、世界からの孤立を避けることができるかもしれないしね。それに、株での儲けが目的じゃないよ。儲かったお金で、オーストラリアと中国にあるボーキサイトと鉄鉱石の鉱山を買い占める。今はまだ、アルミニウムの需要は大した事ないから、安値で買えると思うんだよね。それに、チタンやコバルト、ネオジムとかの希少金属も備蓄したいし。それと、満州にある油田地帯も地下資源ごと購入しないとね」

「なるほどね。地下資源の権益を抑えるのね」

「その通り。高性能な兵器を開発しても、その数をそろえるのは難しいと思うんだよね。人材育成の問題もあるし。いくら高性能なジェット戦闘機を百機揃えたとしても、2千機のレシプロ攻撃機に飽和攻撃されたら、いつかは突破されるよ。しかも、高性能にすればするほど、損害に対する補充がままならない。人間についても同じ事が言えるね。だから、高性能兵器1に対して、通常レベルの兵器10くらいの割合でハイローミックス戦略を取ろうと思う。そうすると、どうしても豊富な資源が必要になるんだよね」


「三宅中尉には、ロ号計画の実施をお願いするよ」

三宅康正は機械技術に才能があったため、蒼龍は技術系の資料を書いて彼に渡し、豊富な知識を付けさせた。そして、ロ号計画の責任者として抜擢する。

ロ号計画とは、宇宙軍兵学校技術士官課程をつくり、全国の工業高校から優秀な生徒を募って、新技術の習得や開発を行うという計画である。

そして、標準的な工業規格の策定や、基礎技術の底上げを行い、徐々に一般企業にもその技術を浸透させていく。また、兵学校で開発した製品を、宇宙軍の外郭企業で生産し販売するという役目もある。

三宅は日本の工業力の源となる人材を、数多く育成していくのだった。

第十六話　大日本帝国宇宙軍設立（3）

〈イ号計画〉 電子計算機の開発　担当：森川中尉

「森川中尉、今度、帝国大学を卒業した優秀な人材が来る。彼らとチームを作って、電子計算機開発の指揮を執って欲しい。ちょっと変なやつも混じってるのだが…」

ノイマン型コンピューターの基本的な考え方や、三極真空管を使った簡単な演算回路の設計図は既に渡してある。しかし、さすがの蒼龍も大規模集積回路の設計図を詳細に見た事はない。プログラムを書けるが、どうやってコンパイルしているかまでは知らない。この分野だけは、こつこつと知見を積み重ねていくしかなかった。

「あんたでも知らない事あるのね」

「コンピューターを使えるけど、ＣＰＵの中身を見た事なんて無いし、トランジスタ数が百億もある設計図なんて、目で見えるようにしたらＡ４の紙がいくらあっても足りないよ。それに、高級言語（プログラミング言語）は使えるけど、機械言語（二進数のバイナリデータ）なんて詳細に見た事ない。まあ、世界初のＣＰＵがトランジスタ２３００個で作られてたから、うまく設計すれば真空管２３００個で代用できるかな。トランジスタの開発も平行して行うから、５年以内に８ビット程度のＣＰＵ開発にこぎ着けたいね」

〈ヘ号計画〉　材料工学担当：米倉友実　耐熱素材や超高張力鋼などの開発
〈ホ号計画〉　ロケット開発担当：白次良田人
〈ニ号計画〉　サッカー教育担当：大岬太郎
〈ト号作成〉　情報全般担当：有馬勝巳
〈統括〉　高城蒼龍
　これらの各計画に、蒼龍が帝国大学で発掘してきた優秀な人材が加わる。

「なんとかスタートできたわね。こっちに来てから18年かぁ。天使の時は18年なんてあっという間だったけど、人間と融合してると、けっこう長く感じるわね」

「そういうものなのか？　１万８千年も生きてて、苦痛じゃないの？」

「苦痛ってなによ！　失礼ね！」

「ほら、永遠の命を手にしてしまった主人公が、自分を殺してくれる人を探すって物語、結構あるじゃん。天使に寿命って無いの？」

「寿命はないわね。基本、霊体だから存在は永遠なの。でも、アルマゲドンの時に悪魔と戦って消滅する事はあるわ。前回のアルマゲドンでも、何人か消滅しちゃったし」

「消滅するんだ。どういうメカニズムで消滅するの？」

「悪魔からの必殺攻撃をね、ズゴゴーン！！　バババーン！　って感じでもろに受けちゃうと、希に消えちゃうの」

「おまえ、ほんと語彙力ないよね」


蒼龍は幼年学校の授業風景を見学する事にした。

この当時、日本の初等教育の就学率は96％と非常に高かったのだが、宇宙軍に集まった子供たちは、口減らし対象の子が多く、全く教育を受けていない子供も多数いた。この子たちは、実の親から〃いらない〃と言われた子供たちなのだ。

「親が赤ん坊を殺しても仕方の無かった時代か…。なんとしても、この現状を打開しなきゃな」

給食が終わった後の昼休み、子供たちの様子を見ていると何人かの子供たちが蒼龍の近くに集まってきた。

「………」子供たちは、黙って蒼龍を見上げる。

「こんにちは。勉強は楽しいかな？」

「………」返答が無い…。

すると、担任の先生が駆け寄ってきて、

「これは高城中尉。申し訳ありません。この子たちは故郷ではほぼ人との接点が無く、親や兄弟とも言葉を交わすのも希だったようで、あまりしゃべれないのです」

担任は子供たちに「こんにちは」と言うように促すが、誰も言えない。ただ、じっと蒼龍を見上げていた。

「大丈夫だよ。みんな、少しずつ慣れていけばいい。焦る事もないし、気に病む事でも無い。君たちは、我々に必要とされてここにいるんだからね」

そう言って、子供たちの頭をなでる。

「ひつよう？」１人の子供がつぶやいた。

「必要って、むずかしかったかな？　お兄さんはね、君たちを大切に思ってるから、ここに来てもらったんだよ。だからね、ちゃんと先生の言う事を聞いて、いっぱい勉強しようね」

「……うん」子供たちがうなずく。

「全ての子供たちが、笑顔で生きていける世の中にしなくちゃな」

蒼龍は固く誓うのであった。

第十七話　尼港事件（1）

１９１９年10月

「殿下、黒竜江（アムール川）の河口付近にあるニコラエフスク港において、日本人居留民に危機が迫っております。周囲の村々を赤軍パルチザンが占領しつつニコラエフスク港に迫っており、このままでは、外界と隔絶された冬の間に日本軍守備隊との衝突は避けられないと考えます。彼我の戦力差からおそらく守備隊は全滅、日本人居留民は虐殺にあう可能性が高いと存じます」

「そうか、冬の間では港は凍り付いて救援の軍艦もたどり着けぬな。高城よ、どうすれば良いと思う」

「はい、殿下。一つは今のうちに救援船を出して、居留民を退去させる事です。しかし、憶測だけで、居留民が財産を捨てて退去に応じるかどうか不透明です。さらに、強制的に退去をさせたとしても、居留民がいなければ虐殺事件も発生しない可能性があります。そうなると、何も起こらなかったのに居留民に権益を捨てさせたと、政争の具にされかねません」

「なるほどな。確かに、このような事を政争の具にされるのは愚かしい事だ。他の手段としては、今のうちに増援を出すという事か？」

「はい、殿下。ご賢察の通りにございます。赤軍の総数はおおよそ5千名。武器は小銃と野砲です。車両はほぼありません。現在、日本軍守備隊は４００名程度ですので、１万名程度の増派が良いと思います。そして、赤軍を撃退した後に、居留民を連れて春に脱出するのです。また、今回の派兵には、ロシア語が堪能な有馬中尉も帯同できるようご配慮頂きたく存じます」


　東宮はすぐに、陸軍大臣を招聘した。

「陸軍大臣、ロシアサハリン州にあるニコラエフスク港の現状について知りたい」

　東宮は、事前にニコラエフスク港について聞きたいと伝えてあったので、陸軍大臣は下調べをしてから参内していた。

「はい、殿下。現在陸軍海軍守備隊４００を配置し、居留民の安全を守っております」

「うむ、居留民の安全は、それで万全であるのか？」

「はい、極東においても赤軍はいずれも小規模であり、充分な装備もしておりません。我が軍の精鋭４００が守備をすれば、万全にございます」

「なるほど。しかし、私が得た最新の情報によれば、約5千名の赤軍パルチザンがニコラエフスク港に迫っていると聞く。近隣の村々を焼き、住民の虐殺と食料の略奪をしながらニコラエフスク港を目指している。我が軍の４００は、この5千の赤軍を撃退できるのか？」

「えっ？　そ、その情報はどこから…？　我が陸軍では、恥ずかしながらそのような情報は存じておりませんでした」

「どこからの情報でも良い。私は、この情報は確度が高いと思っている。ここは念には念を入れて、ニコラエフスク港に1万ほどの増派をしてはどうだろうか？　海軍と協力して巡洋艦も一緒に、来春までニコラエフスク港の防衛の任に就く事は出来ぬか？　もし何もなければ、越冬軍事教練とすればよい。それに、あちらのカニはおいしいと聞く。皆でカニを楽しんでくればよいではないか。また、万が一赤軍と戦闘になった場合、1万の精鋭と巡洋艦があれば、ニコラエフスク港の居留民を守り、大臣の先見の明に皆驚嘆する事であろう」

日本は急遽、陸海軍混成尼港派遣臨時師団を編成し、ニコラエフスク港に派遣した。

○派遣兵力

司令官：有馬肇少将（宇宙軍の有馬中尉の実父）

装甲巡洋艦：浅間・常磐（乗員合計１３００名）

海軍陸戦隊：６００名

陸軍第七師団（一部派遣）：７６００名

その他、輸送艦、補給艦

情報将校として、宇宙軍有馬中尉が帯同

※尼港事件：史実では、１９２０年2～4月、ニコラエフスクにおいて、赤軍パルチザン部隊

（後のソビエト軍）による大規模な住民虐殺事件が発生する。この事件で、日本人居留民約350人と、日本軍守備隊の約400名が虐殺された。その際、日本国籍を有していた朝鮮半島出身者900名が赤軍と合流した。また、現地中国人300人と中国海軍も赤軍と一緒に、日本軍守備隊に攻撃をしかけ、住民虐殺に荷担した。現地にいた日本人は、ロシア人と結婚していた女性と奇跡的に脱出できた1名を除き、女子供も全員殺害されたのである。

当時のロシアは革命後の混乱期で、革命勢力の赤軍とロシア帝国勢力の白軍が内戦を繰り広げていた。

この事件が明るみに出て、日本国内では赤軍や、それに荷担した者への嫌悪が増す事になる。

第十八話　尼港事件（2）

1919年12月

日本軍がニコラエフスク港に到着する。

当時のニコラエフスク港では、日本人居留地は日本軍が、町全体はロシア白軍（はくぐん）が防衛していた。

日本人居留民の多くは、現地で商社を営む島田商会の関係者である。日本軍が到着した時点においても、日本への輸出品の集積や倉庫管理、春になって流氷が溶けるとすぐに輸出するための準備と、通常と変わらない業務を行っていた。物のあふれた21世紀と違い、当時の彼らにとって商品や仕事とは生きる事そのものであり、実際に攻撃が始まってもいないのに、商品を守らずに避難は出来なかったのである。

また、ニコラエフスク港ではロシア人も1万2千人ほど生活をしており、白軍はその保護に当たっていたが、1919年11月に白軍の盟主であるコルチャーク政権が崩壊した事で、白軍はその勢力を急速に弱めていった。


「日本軍の救援に感謝する。我々と共同で、ニコラエフスク市民の安全を守って欲しい」

白軍のメドベーデフ大佐が挨拶する。

当時の日本は、欧州大戦をロシアと共にドイツと戦うなど、ロシア（白軍）とは友好であった。ロシア内戦については中立を保っていたが、日本人居留民の多く存在するいくつかの街では、白軍と共同で防御に当たっていたのである。

「はい、メドベーデフ大佐。我々日本軍が来たからには、もうご安心ください。しかし、中国軍の艦船が寄港しているのですね」

派遣師団の師団長は、有馬陸軍臨時少将だ。本来は大佐だが、臨時編成の師団長を務めるに当たって、現在は少将に臨時任官されている。有馬少将の長男は、高城蒼龍の学習院での同級生有馬中尉だ。

「ああ、中国の連中は我々の混乱に乗じて、サハリンでの実効支配を拡大しようとしている。ハバロフスクで我が軍から砲撃を受けて、このニコラエフスクまで逃げ来てきたのだ。我々には連中を追い返す力も無いので、寄港を認めている次第だよ」

メドベーデフ大佐は自嘲気味に言う。当時、ニコラエフスク港には4隻の中国軍船が停泊していた。

「危険は無いのでしょうか？　赤軍と呼応して、我々に攻撃を仕掛けてくる可能性は？」

「無くはない。しかし、アムール川はもう流氷が多く、奴らの小型艦では海に出る事は出来ないから、追い返す事も出来ないな。向こうが何もしていないのに、予防的攻撃を仕掛ける訳にもいくまい」

「その通りですな。まあ、連中の動向には注視しておきます」

日本は、建前としてロシア内戦には中立を表明していたため、赤軍が攻撃を仕掛けてくるまではこちらからの攻撃はできない。また、攻撃があったとしても、防衛以上の行動は外交的に取る事は出来なかった。今回の派遣団には、特にこの事が厳しく下知されていた。

有馬少将は防衛に徹するため、早速町の入り口に土嚢を積むなど、陣地構築の指示を出した。

年が明けて、１９２０年2月

〈赤軍パルチザン〉

「ニコラエフスクを3月までに占領しないと、食料が持たねーな」

この部隊を率いるヤーコフは、副司令のラプタ、参謀のニーナらと今後の方針について検討していた。

ヤーコフは、サハリン地区において白軍の駆逐を任された司令官だ。元々は小規模な部隊であったため、サハリン地区の小さな村々から順次攻略し、徐々に支配を拡大していった。

現在は、ニコラエフスク近郊の村を白軍から〝開放〟し、大きめの家屋を徴用して滞在している。

サハリン地区を実効支配していた白軍は、その補給も乏しく、村々からの物資の供出（略奪）を繰り返していたため、その住民たちは当初赤軍のヤーコフ達の到着を歓迎した。

しかし、ヤーコフ達も当然補給は無く、自分たちが来るまでに白軍に物資を提供していた村など、敵勢力と見なすに充分だった。

ヤーコフ達は支配下に置いた村から、越冬するためにわずかに残った食料を奪い、女を陵辱し、抵抗する者は容赦なく殺害した。そして、その過程で近隣の山賊らも合流し、4千名の部隊にふくれあがっていたのだ。

※ちなみにヤーコフは、自国ロシア国民への略奪や暴行虐殺の罪で死刑執行されている事が、

ソビエト時代に公開された資料で確認されている。

「ニコラエフスクを守っているのは、白軍が４００人、日本軍が３００人程度だ。一気に押し込んで占領も出来るが、こちらにも被害が出るな。できれば被害は出したくない」

「白軍は、もう戦う能力はほとんど無いはずよ。注意しないといけないのは、日本軍ね」

赤軍は、基本的には日本軍との衝突は避けるという方針だが、白軍と共同防衛されていては、日本軍にだけ攻撃を仕掛けないという事も出来ない。しかし、３００人程度の日本軍なら皆殺しにしてしまえば、後の言い訳はなんとかなる。

この赤軍部隊の紅一点、ニーナ・レペデワ・キャシコは続ける。

「まず、白軍に降伏を呼びかけるの。命と財産は保証すると言ってね。で、日本人居留民の保護は、引き続き日本軍が行うって条件で、日本軍にも白軍に降伏を促させるの。私たちが日本軍と戦う意思がないって言えば、日本軍も飲むんじゃないかしら。うまくニコラエフスクに入る事ができたら…後は解るわよね」

そして、ニコラエフスクに駐屯する白軍と日本軍に対して、以下の要求が決定された。

1. 白軍は武器と装備を日本軍に引き渡す。
2. 軍隊と市民の指導者は、赤軍入城までその場にとどまる。
3. ニコラエフスクの住民にテロは行わない。資産と個人の安全は保障する。

4．赤軍入城までの市の防衛責任は、日本軍にある。赤軍入城後も日本軍は、居留民保護の任務を受け持つ。

「ニーナ、さすがだな。完璧だ。この条件なら連中は受諾するに違いない。くくくっ」

ヤーコフ達は、いやらしい笑みを見せる。その周りには、陵辱された村娘の死体が数体転がっていた。

１９２０年２月23日
「赤軍がこんな要求を出してきました。メドベーデフ大佐、どう思いますか？」

有馬少将はメドベーデフ大佐に、赤軍からの要求書を手渡した。

「連中が約束を守るような事はありません。町に一度入れてしまったら、必ず寝首を掻きに来ます。彼らは赤軍なのですよ」

「そうですな。我が軍でも偵察部隊を近隣の村に派遣したのですが、そこからの報告は耳を疑うような内容ばかりでした。連中は軍隊ではなく、山賊か暴徒の類いですな」

赤軍からの要求は、一切無視する事が決定された。

「日本軍の奴らめ、無視を決め込みやがった。しかも、事前情報じゃ兵士は300～400人程度と聞いていたが、巡洋艦2隻に3千くらいの陸戦部隊がいるじゃないか。これじゃ、攻略できないぜ」
「でも、もうこっちにも食料は無いわ。占領して奪うしか、わたしたちも冬を越せないわね。覚悟を決めましょう。それに、部隊の半数以上は途中から合流した山賊達よ。いざとなれば、いくら死んでもかまわないし、そうなれば少しは食料に余裕ができるかもね。それに比べて、相手は正規軍。部隊の3割の損耗で降伏を検討するはずよ。日本人地区には攻撃をしない、そして、命は保証するって言い続ければ、講和に応じる可能性もあるわ」

こうして、赤軍パルチザンと日本軍の衝突は始まる。

第十九話　尼港事件（3）

1920年2月27日
郊外に陣取っていた赤軍パルチザンから、ついに砲撃が始まった。
「連中、とうとう仕掛けてきたな。各部隊は作戦通りの行動をとれ。海軍に連絡だ。敵陣地への支援砲撃を要請しろ。それと本国へも打電だ」

　有馬少将は迅速に指示を出す。


　赤軍パルチザンからの砲撃は、小口径の野砲が数門だけのようで、大した脅威にはならなかったが、それでも街の建物に幾分かの被害が出ている。

　日本軍巡洋艦から、敵野砲陣地に対して艦砲射撃が始まる。しかし、敵は塹壕を掘って陣地を構築しており、艦砲射撃の効果は薄かった。そして、町の西側から敵歩兵部隊が進軍してくる。

　進軍してくる敵の数はおおよそ２千。こちらの防衛陣地から２００メートルくらいの距離をとって攻撃をしてきた。

　西側の防衛陣地は、日本軍１５００名が守備に当たっている。敵がどの方向から攻めてくるか解らないので、街の四方に分散配置せざるを得ない。実戦部隊が５千名いたとしても、一カ所に配備できる人数には限界があった。日本軍の装備は三十年式歩兵銃、そして、各陣地に三八式機関銃が２丁配備されていた。しかし、火力としては充分と言えない。一気に突撃されると、持ちこたえられるかどうか怪しい状況だ。

「敵との距離がこうも近いと、海軍の支援砲撃は無理だな。仕方が無い。北と南の陣地に、それぞれ４００の応援部隊派遣を要請しろ」

有馬少将の指示が飛ぶ。それぞれ４００、合計８００人増強できれば数的有利を築く事が出来る。ここを突破される訳には行かない。

古来、戦闘は守る方が有利と言われるが、それは守備側に充分な防塁があり、かつ、敵が兵士の命を大事に思っている場合の話だ。

ニコラエフスクは要塞というわけでは無いので、防衛陣地を構築したとしても、〝点〟で守る事しか出来ない。しかも、街と森との境に何もないので、必然的に防衛ラインは長くなってしまう。全周を有刺鉄線で囲む事も出来なかった。さらに、敵は兵士の命を大事に思っていない。味方の８割が死亡しても、残りの２割が突破できれば良いと考えているならば、日本軍にとっては不利である。

そして、西側からの攻撃は陽動だった。

日本軍が、西側陣地に応援を出した事を確認した赤軍パルチザンは、防衛ラインの長い北側から、別動部隊が一気に突撃してきた。森の中を迂回していたのだ。

北側からの新手は、約５００人の部隊だった。その部隊が損害を顧みる事なく突進してくる。

日本軍は奮戦したが、敵の一部の侵入を許してしまった。

「西側はダメだが、北からの部隊は町に侵入できたようだな」

赤軍パルチザンの幾つかの部隊は、防衛ラインの長い北側からの侵入に成功した。侵入した各部隊の目的は、市内での攪乱と、可能なら日本軍本陣への襲撃だ。市内の至る所で火の手が上がれば、日本軍はその対応に追われる。その間に日本軍に対して攻勢を強め、停戦に持ち込む予定だ。

しかし、市内では一向に火の手が上がらない。

日本軍は、あらかじめ主要な道路や交差点を十字砲火できるように、土嚢を積んで簡易トーチカを構築していた。

「くそっ！　どこもかしこも日本軍だらけだ。これじゃ、俺たちは全滅するぞ」

市内に入った赤軍パルチザンは、至る所で日本軍に囲まれ各個撃破されつつあった。


その頃、日本陸軍別動部隊は赤軍パルチザン陣地を大きく迂回してその後方に回り込んでいた。

「あと10分で海軍の支援砲撃が終了する。終了と同時に突撃だ」

有馬少将は、陸軍別動部隊が赤軍パルチザンの後方に回る時間を計算して、海軍にあらかじめ、支援砲撃の終了時刻を通達していた。

そして、その時刻が来る。

「なんだ？　何が起こっている？」

　ヤーコフは、自軍の後方からの銃声と騒ぎに気がつく。しかし、気がついた時には何もかも手遅れだった。

「敵です！　おそらく日本軍です。後方より突撃してきます」

　後方からの不意打ち。しかも、歩兵部隊のほとんどはニコラエフスク攻略の為に前進している。赤軍パルチザン陣地は、満足な抵抗も出来ないまま日本軍に降伏した。


　そして、ニコラエフスクを攻撃している部隊に、ヤーコフからの伝令が届く。

「司令部が降伏した。各自、武器を捨て投降するように」

　街の西側から攻撃をしていた部隊は、司令部崩壊の連絡を受けて、投降するのではなく蜘蛛の子を散らしたように逃げ出した。おそらく、途中から合流した山賊が多く居たのだろう。投降したら、今まで自分たちがやってきたような事を、今度は自分たちがされる番だと理解している。

　しかし、街中に入った部隊には、降伏の伝令は届かない。日本軍に囲まれた彼らは必死である。囲いを突破しない限り退却もままならないのだ。

「ちっ、全員であのトーチカを攻略するぞ。あれを抑える事が出来れば、このブロックでの抵抗は減る。攪乱作戦は失敗だ。トーチカ攻略後、各自退却をしろ！」

　市内に突入した赤軍パルチザンは、街中での攪乱作戦を諦めて、各自の判断で逃げる事を決めた。ひとかたまりだと発見されやすいし、包囲されれば全滅する可能性がある。ちりぢりになれば、幾人かは逃げ帰れるかも知れない。いずれにしても、大して統率のとれていない寄せ集め部隊だ。危機に陥って統制された行動など、望むべくもなかった。


日本軍に囲まれた赤軍パルチザンは、一番近いトーチカに向かって突撃を開始する。

日本軍に機関銃が数多くあれば、この程度の突撃など簡単に蹴散らす事が出来たのだが、現時点ではまだ配備数も少なく、街の四方に回されていたため、残念ながらこのトーチカにはなかった。


「突撃してくる敵先頭に、集中攻撃！！」

トーチカを守っている小隊の隊長は叫び、赤軍パルチザンの先頭に銃弾が集中する。しかし赤軍パルチザンは、銃弾に倒れた仲間が見えていないかのごとく、死体を踏み越えて迫ってくる。

日本兵が持っている三十年式小銃は、5発撃つと弾切れになる。弾切れになれば、腰に回している弾薬盒から給弾クリップを取り出し、銃のチェンバーに押し込むという、手間のかかるものだった。この給弾までの時間が、彼らの命取りとなる。

「うおおおおぉぉぉぉ！」

赤軍パルチザンはまさに死に物狂いで突撃してきた。そして、ついにその1人がトーチカにとりついて、手榴弾を投げ入れ爆発に成功する。

「よし！　トーチカを沈黙させた！　あとは、逃げるぞ！」


町に突入していた赤軍パルチザンは、数人単位のグループに分かれて、ちりぢりに逃げ始めた。ほとんどは、逃走の途中で日本軍に発見され射殺されたが、幾人かはまだ町中を逃亡していた。その内の一つのグループは、町の外に向けてではなく、誤って町の中心部に逃走してしまう。

「まずいな。こっちは街の中心だな。しかし、今更引き返せないし、よし、このまま町の反対側に抜けるぞ！」

逃走している3人は、意を決して街を突っ切る事にする。しかし、そこに日本軍の部隊と不意遭遇してしまった。

バンバンバン！

赤軍パルチザンたちは日本兵に向けて小銃と拳銃を発砲する。不意を突かれた数人の日本兵が倒れた。しかし、将校の1人が腰の拳銃を抜き、赤軍パルチザンに向けて応戦する。そして、その一発が敵の1人に命中した。それに続いて、他の日本兵たちも小銃を発砲する。この部隊は、後方で連絡要員をしていた陸軍部隊7名と、その部隊に帯同していた宇宙軍有馬中尉だった。

突破できないと判断した残り2人の赤軍パルチザンは、近くの建物の窓を破って飛び込んだ。大した考えがあったわけでは無いが、建物に入れば弾よけになるし、住人がいれば人質にできる。

もっとも、日本軍に対して、その人質がどの程度役に立つかは解らないが…。

侵入した部屋には人は居なかった。そして、部屋の奥にドアを見つけるとそのドアを蹴破ぶる。

その部屋には、ロシア人の老人と18才くらいの少女が壁際に座り込んでいた。

第二十話　尼港事件（4）

バンバン！　部屋に銃声が響く。しかし、その銃声は、座り込んでいた老人から放たれたものだった。

「くそっ！」

赤軍パルチザンの1人が倒れた。とうとう1人になってしまったパルチザンの男は、反射的に老人に向かって引き金を引いた。

引き金を2回引いたが、一発しか発射されない。どうやら弾切れのようだった。その一発は老人の右胸を貫く事に成功した。

「ザミィ！」　※ロシア語で「動くな！」の意
その部屋に日本兵数名が突入して、赤軍パルチザンに銃を向ける。赤軍パルチザンは、壁際の少女を人質にして、彼女のこめかみに拳銃を突きつけた。そして、赤軍パルチザンが日本兵に対

して何か言おうとしたその時、
　バンッ！

　有馬中尉はためらいもなく発砲し、その拳銃弾は赤軍パルチザンの右腕を貫通する。敵が拳銃を落とした事を確認すると、有馬中尉は正面から跳び蹴りを加えて卒倒させ、少女を解放した。そして、引き金を3回引いてとどめを刺す。有馬中尉は突入の直前、敵が2回引き金を引いたが、一発しか発射されなかったところを見ていた。残弾がゼロである事を確信していたのだ。

「ルバノフ！　ルバノフ！」少女は老人を抱きしめながら叫んでいる。少女の顔はくしゃくしゃになり、涙が止めどなく流れていた。

　老人を貫いた銃弾は、おそらく太い血管を切ったのだろう。銃創からはかなり出血をしており、もう意識は無い。

「すぐに衛生隊を！」

　有馬中尉が他の兵に指示を出す。本来は陸軍の士官が命令を出すのだが、先ほどの戦闘で重傷を負い、今残っているのが兵卒ばかりだったため有馬中尉が指示を出したのだ。

　しばらくして衛生隊が到着し、負傷した兵と老人を担架に乗せて連れて行く。少女は老人の名前を呼びながらついて行こうとしたが、有馬中尉はそれを引き留めた。

「お嬢さん、あとは我々に任せてください。ところで、少しお伺いしたい事があるのですが」

有馬中尉は少女に対して違和感を持った。服装はどこにでもいる一般の町人という感じだし、顔もしばらく洗っていないようで薄汚れていた。しかし、その濃い目のブラウンヘアは美しく、顔立ちは非常に凛々し。町娘には似つかわしくないほど端正であった。さらに、彼女は一緒に居た老人の事を「ルバノフ」と呼んでいた。ロシア人には普通にある名字だが、老人と少女が親族であれば名字で呼ぶのはおかしい。


「あなたは、この町の住人ですか？」

「……………」少女は答えない。

「一緒に居たあのご老人は、あなたのおじいさまですか？」

「……はい。私の祖父です」少女は消え入りそうな、か細い声で返答した。

「そうですか。それにしては、おじいさまの事を名字で呼ばれていましたが？」

「………」

「お名前を伺ってもよろしいですか？」

「………アンナ」

「名字は？」

「………ルバノヴァ、アンナ・ルバノヴァ」

※ロシア語では、同じ名字でも、男性形と女性形で異なる。
違和感はぬぐえない。やはり、何か隠している事があるような気がする。

「おや、先ほどの戦闘で手の甲にけがをされたようですね」

彼女が人質に取られた際、手の甲をどこかにぶつけたようで、皮が剥けて出血していた。有馬中尉はその手を取って、ハンカチで傷口を押さえる。

——炊事や洗濯をした事が無い手だな——

少女の手は、寒さで多少かさついていたが、少なくともここしばらくは、炊事や洗濯をしていない柔らかで白い手をしている。

——何か裏がありそうだ——

「傷の手当てをしましょう。本部に行って、おじいさまと一緒に手当をします。さあ」

少女はためらいながらも、有馬中尉に促されて「ルバノフ」が手当を受けている本部に行くのであった。

第二十一話　尼港事件（5）

日本軍は、ある程度の損害を出しながらも、なんとかニコラエフスクの防衛に成功した。心配された中国軍艦船からの砲撃は無く、彼らは最後まで中立を保った。

有馬少将は、捕縛したヤーコフらを白軍に引き渡す。

「日本軍の協力に感謝いたします。これで、しばらくはニコラエフスクも安全でしょう」

「しかし、メドベーデフ大佐。我々は、アムール川の氷がとければ、居留民を連れて本国に帰還いたします。その後は、どうされるおつもりですか？　ウラジオストクも、赤軍に降伏したとの情報があります。我が日本軍は、貴国の内戦には不干渉という立場を取っておりますので、なかなか支援は難しいかと思います」

有馬少将は、日本軍が撤収した後のニコラエフスクの防衛について心配する。

「そうですな。次に赤軍の襲撃があったら、おそらく持ちこたえる事は出来ないでしょう。補給も無いですしね。また、街の労働者の中には、赤軍の到着を待っている者たちもいると聞きます。コルチャーク司令官も赤軍に捕縛されましたし、そろそろ潮時かと思います。暖かくなったら、我々もどこかに逃げるとしましょうか」

「そうですか。それと、我が軍の偵察部隊が収拾した、近隣の村で赤軍連中が行った略奪や虐殺の証拠をお渡ししておきます。一応、敵兵といえども、裁判を行わずに処刑するには懸念を表明しておきます」

「有馬少将。ご配慮に感謝します」

「ヤーコフ、これらの証拠に反論はあるか？」

街の集会所で軍事裁判が開かれる。もちろん形式だけの裁判だ。弁護人も当然いない。

「けっ、どうせ何を言っても死刑にするつもりなんだろ。俺たちが到着した村では、みんな俺たちを歓迎してたぜ。お前ら白軍が食料を全部持って行って困ってるってな。それでよ、あいつら、何て言ったと思う？　『食う物が無いから食料をくれ』だと。抵抗もしないでお前ら白軍に食料を出しておいて、俺たちに恵んでくれだとよ。だから、判決を言ってやったんだ。白軍に協力したから死刑だってな。この裁判と同じだよ！　茶番だな」

「言いたい事はそれだけか？」

「それによ、日本軍の連中が何をしてたか知ってるのか？　あっちこっちの村を焼き討ちして、皆殺しにしてるんだぞ。そんな連中とよくもまあ、仲良く出来るな」


当時の日本は、革命軍の捕虜になっている友好国将兵と現地日本人居留民の保護を目的として、シベリアに3万7千人の兵力を派兵していた。しかし、現地派遣軍は連合国（アメリカやイギリス）との協約を無視して占領地を広げ、赤軍との衝突を起こしていた。参謀本部では、赤軍との衝突は避け自重するようにとの訓電（福田参謀次長発など）を発信していたが、現地ではそれを黙殺する部隊もあり、赤軍と、それに協力的な村落への攻撃を行っていた。その反面、シベリアの収容所に残されていたポーランド人（子供を含む）を救出し、祖国への送還を実現している。

「だからどうした？　どうせ赤軍シンパの村だろ？　だったら、そいつらとまとめて判決を言ってやろう。全員死刑だ」

捕縛された赤軍パルチザン２２１名全員に死刑が宣告され、即日執行された。


―――


「軍医殿、件の老人の様子はどうですか？」

有馬中尉は、赤軍に撃たれた「ルバノフ」という老人の様子を伺いに来ていた。

「なんとか息はしていますが、正直、難しいと思います」

「そうですか、全力を尽くして頂いてありがとうございます。それと、少女の方はどうでしょう？」

「少女の方は大した事はないですな。消毒をして包帯を巻いています。その傷とは別に、左腕に銃創がありました。１年から2年以内に出来た傷ですな。ちゃんとした治療がされた痕が無いので、病院にも行けなかったのでしょう。それはそうと、あの老人の持ち物ですが、こんな物が出てきました。私はロシア語が読めないのでわからないのですが…」

封蝋のある便箋だった。封は開いており、中に手紙が入っている。

「こ、これは！」

その封蝋には、双頭の鷲の印が押されている。当時のロシアで双頭の鷲を使う事が出来るのは、唯1人だけだった。それは、ロシア皇帝ニコライ二世。

有馬中尉は、おそるおそる中の手紙を出して広げて内容を読む。その手は緊張で震えていた。

「!!な、なんと……、軍医殿、この手紙の事は誰かに言われましたか?」

「いえ、有馬中尉が初めてです」

「そうですか。この手紙は有馬少将に渡して判断を仰ぎます。非常に重要な事が書かれているので、決して他言しないようにお願いします。少女が逃げないように、監視を付けさせて頂きます」

第二十二話　アナスタシア(1)

1911年6月

「お初にお目にかかります。大公女殿下。本日より殿下の護衛の任を賜りました、ルスラン・ヤンコフスキーです。何なりとお申し付けください」

アナスタシアが10才の誕生日を迎えた日、軍装をした若者がひざまずき挨拶をした。

アナスタシアは、ロシア皇帝ニコライ二世の四女で、濃いめのブラウンの髪に白い肌、そして少し赤みを帯びた頬をした、かわいらしい少女だ。

ロシアでは、１９０５年に「血の日曜事件」が発生した後、散発的に労働運動や革命運動が発生していた。その都度、当局によって鎮圧され多くの活動家が処刑されてはいるが、いつ、皇族に対するテロが発生してもおかしくない状況だった。

その事を憂慮した父のロシア皇帝ニコライ二世が、子供たちにそれぞれ護衛を付けたのだ。

ルスランはヤンコフスキー男爵家の四男だ。年齢は17才。幼少の頃より、父親から剣と銃の薫陶を受けており、特にその剣技の素晴らしさから〝光速の貴公子〟と呼ばれていた。

アナスタシアはルスランから様々な事を教えてもらった。馬の乗り方も、簡単な護身術も、罠の作り方も。小さい頃から〝おてんば〟だったアナスタシアにとって、ルスランは良き先生であった。

しかし、アナスタシアには一つの疑問があった。

「ルスランは女性なのに、なぜ、男性の格好をしているのかしら？」

それから6年の歳月が過ぎた。
１９１７年2月23日　ロシア・二月革命勃発
この日、首都のサンクトペテルブルク（ペトログラード）では、食料不足に対するデモが発生していた。当初は穏健なデモ行進だったが、そこに労働組合が動員をかけ、数日のうちにデモとストライキは全市に広がった。

その知らせを西部の都市で聞いたニコライ二世は、軍にデモやストライキの鎮圧を命じた。しかし、鎮圧に向かった兵士は次々に反乱を起こし、メンシェビキ（革命勢力）に合流したのだ。

皇帝は既に、軍の忠誠を失っていた。

そして、首都はあっけなく革命勢力の手に落ち、ニコライ二世は皇帝の座を降りた。


「ルスラン、私は不安です。これからどうなるのでしょう？」

アナスタシアは、不安そうな目でルスランを見上げる。

「姫様、ご安心ください。私がいる限り、命に替えてもお守りいたします」

「ルスラン、お願いがあるの。私の騎士になって。私だけの…」

「姫様、もったいなきお言葉。私の姫様への忠誠、この身が滅び塵になったとしても永遠です」

そして、簡素ではあるが、騎士の叙任式を行った。誰も見ていない、２人だけの叙任式だった。

――――

「ロマノフ一家を逮捕する」

革命臨時政府は、アナスタシアを含むロマノフ一家の逮捕を決めて、ツァールスコエ・セロー宮殿に捕縛隊を派遣した。

2月に発生した「ロシア・二月革命」によって、ニコライ二世は皇帝を退位しており、ロマノフ一家は既にただの〝一般人〟となっていた。

「臨時政府は、皇帝のご家族の安全は保証すると約束したはずだ！」

ルスランと何人かの元近衛兵たちは、革命臨時政府の捕縛隊に激しく抗議した。

「まあ落ち着け。逮捕は形式的な物だ。彼らには、逮捕後もこの宮殿で暮らしてもらう。外出の制限などはあるが、今まで通りの生活だ。逮捕は国民向けのパフォーマンスだよ。一家の安全は保証する」

「貴様らの言う事など信用できるものか！　死んでもここは通さぬ！」

「お静かになさい！」　ルスランたちと捕縛隊が押し問答をしているさなか、女性の凛々しい声が響く。アレクサンドラ皇后だ。

「し、しかし、皇后陛下。この者たちは畏れ多くも陛下や殿下の皆様を捕縛すると…」

「かまいません。今騒ぎを起こせば、あなたたちも私たちも無事では済まないでしょう。それに、明日には皇帝陛下がこちらに到着されると聞いています。皇帝陛下なら、きっと、何とかしてくれるでしょう」

ルスランたちは、アレクサンドラ皇后の指示に従い、引き下がる事にした。そして、捕縛隊は皇帝一家に「逮捕する」と宣言した後、宮殿から出ないようにと告げる。逮捕とは言っても、この時は宮殿に軟禁するだけの物であった。そして、ルスランたち近衛隊を宮殿の外に出し、代わりに革命勢力が警備に当たった。


そして、ルスランたちは皇帝一家救出のための仲間を集める事にする。

「今のところ、皇帝一家はご無事のようだな。暴行なども受けていないと聞く」

この頃の皇帝一家は、宮殿の中では比較的自由に行動でき、検閲はされるが、外部に手紙を書く事も出来た。そして、イギリスをはじめ、いくつかの国は皇帝殺害の動きに対して、明確に反対の立場を示していた事もあり、一家殺害の危機感はそれほど無かった。

特にイギリスは、アレクサンドラ皇后がイギリス・ビクトリア女王の孫娘でもあるので、強硬に反対していたのだ。

このまま裁判が開かれ、政治に何も関わっていなかった大公女たちに、無罪判決が出る事をルスランたちは願っていた。もし、不当な裁判で死刑判決が出るようなら、その時は全力で救出する。ルスランたちはそう決めたのだった。

1918年5月　アナスタシア達はエカテリンブルクに移送された。

ルスランたちは、移送した後に密かに一家が暗殺されるのでは無いかと心配したが、しばらくはその兆候は無かった。しかし一向に裁判が開かれる様子も無く、軟禁生活も1年以上に渡っている。

これ以上はもう待てない。ルスランたちは白軍の協力を得て、一家を救出する事に決めたのだった。


1918年7月16日午後8時、内通者から連絡が入った。

「なっ！　今夜に処刑執行だと!?」

それは衝撃的な内容だった。

17日午前零時ごろに皇帝一家を起こして、近隣の情勢が悪化しているので地下室に避難するように命令し、そこで射殺するというものだ。

もう時間が無い。執行まであと4時間。それまでに、集められるだけの人数と武器を用意しなければならない。

ルスランはかねてより連絡を取り合っていた白軍の協力者に、突入部隊の人員について要請する。そして、数人の応援と弾薬の支給を受ける事が出来た。

「合計19人か。何としても皇帝ご一家を救出する。みんな、覚悟を決めてくれ」

突入部隊は19人。皇族方にそれぞれ専属で付いていた護衛と、元近衛隊の人間だ。忠誠心は誰にも負けない。皇帝のためには、命を捧げる事を厭わない者たちばかりだった。

第二十三話　アナスタシア（2）

1918年7月16日　午後11時　突入が開始された。

「賊が押し入ってきたぞ！」

ルスランたちは、まず東門を突破、そして、正面玄関を爆弾で破壊して突入した。一家が軟禁されている建物「イパチェフ館」は、部屋数も100近くある大きな建物だ。しかし、内通者からの情報によって、一家の寝室や建物の構造などは把握できている。

「白軍の連中か？　まずいな。すぐに処刑だ！　一家を地下室に移送しろ！」

イパチェフ館の責任者ユロフスキーは、一家を処刑するために、地下室への移送を指示した。各自の部屋で処刑しても良かったのだが、順次処刑していては、それに気づいた他の家族が逃亡をはかる可能性もあり、また何より、処刑計画書では地下室に移送して処刑と記していたからである。党が策定した〝計画〟は絶対であった。

「ニコライ！　すぐに起きて地下室に避難しろ！　家族もだ！　過激派の連中が『皇帝を殺せ！』と叫んで突入してきた。裁判が終わるまでお前たちに死なれてはまずいのでな」

そう言って、皇帝一家を地下室に移送する。

銃撃戦を繰り返しながらルスランたちは、正面玄関から10メートルくらいの所まで進む事が出来た。事前の情報によれば、夜間にこの館を警備している人員は25名。19名で突撃すれば、なんとかなる戦力だが、皇帝一家の脱出まで考えると心許ない。出来るだけ今の段階で損害を出したくないが、まごまごしていると処刑が実施されるかも知れない。

そう考えていると、

「皇帝陛下！　姫様！」

廊下の一番奥、地下室へ降りる階段付近を歩く皇帝ニコライ二世とご家族、そして、自らの全ての忠誠を捧げるアナスタシアの姿が目に入った。

しかし、20メートル以上距離があった事と、激しい銃声でその声は届かない。

「近衛第二部隊の9名は私に続け！　地下室を制圧する。第一部隊援護を頼む！　そして、ここを死守しろ！　必ず皇帝一家を連れて来る！」

ルスランは部下を連れて突撃する。

「うおおおぉぉぉぉぉおっっ！！」

彼らはすさまじい咆吼を上げながら走った。

――――


「全員そろったか？　それでは、壁際に並べ」

地下室では、ユロフスキーが皇帝一家とそのメイドや従者の11人に命令した。

「なんだと？　どういう事だ？」

ニコライ二世は、ユロフスキーに訝しげに問いかける。しかし、ユロフスキーは何も答えず、拳銃を彼らに向けた。ユロフスキーの部下6人も同じように拳銃を一家に向ける。

「やめて――――！　子供たちに銃を向けないで！」

ニコライ二世の妻、アレクサンドラ皇后がそう叫んで、末っ子のアレクセイとアナスタシアに覆い被さった。それと同時に、ユロフスキーたちは一斉に引き金を引く。

ユロフスキーと6人の処刑人が持つ拳銃の銃口が火を噴いた。それほど大きくない地下室は、すさまじい拳銃の発砲音と、目と鼻の粘膜を刺激する硝煙の匂いで満たされる。

執行人たちは拳銃弾を全てうち尽くすと、いったん状況を確認した。

ニコライ二世とアレクサンドラ皇后は、頭や顔に銃弾を受けて絶命しているようだった。

「おかあさま！　おかあさま！　うわあぁぁぁぁぁーー！」

長女のオリガと次女のタチアナは重傷を負いながらも生きており、母親の屍をたぐり寄せて叫び声を上げている。三女のマリアは、足を撃たれながらも立ち上がりよろよろと歩き出した。

ユロフスキーたちは、ドアに向かって歩くマリアの腹部を銃剣で刺突した。銃剣はマリアの肋骨の下辺りに突き立てられる。しかし、下着に縫い付けてあった宝石に邪魔をされて貫けない。

マリアは床に倒れたが、それでも少しずつ這って逃げようとしていた。

「おねがい…。やめて……殺さないで……」

マリアは最後の力を振り絞って懇願した。しかしその願いは、共産主義者達には届かない。

そして、拳銃弾の再装填が終わった兵士がマリアに近づき、頭に銃を突きつけて引き金を引いた。叫び声を上げていたオリガとタチアナも、一発ずつ銃声が聞こえた後は、もう声を上げることはなかった。

アナスタシアとアレクセイは、アレクサンドラ皇后と、そのメイドと主治医の下敷きになっているようで、すぐに確認できない。ユロフスキーはアレクサンドラ皇后の屍を動かそうと、身をかがめてその衣服の袖を掴んで引っ張った。

と、その時、激しい爆発音と共に入り口のドアが吹き飛ぶ。かなり荒っぽい突入だが、ルスランたちには時間が惜しかったのだ。

ユロフスキーの部下たちは、ロマノフ一家に逃げられないようドアの前に立っていた為、全員爆風で吹き飛ばされた。そして、ルスランと４人の部下たちが突入してくる。

「皇帝陛下！　姫様！」

しかし、そこで見たものは……

「ああ…、手遅れだったのか？　間に合わなかったのか？　姫様……アナスタシア様……」

他の部下たちは地下への入り口で応戦しているため、ここでは、銃声も遠くに聞こえてきた。

ルスランは一家の元に駆け寄り、生死を確認した。

「ルスラン…？」すると、アレクサンドラ皇后の体の下から、か細い声がした。

「姫様！」

「ああ、ルスラン、ルスランなのね…」

「姫様！　姫様！」

アナスタシアはアレクサンドラ皇后たちの下敷きになっていたため、爆風にも晒されず、鼓膜も破れてはいなかった。

ルスランはアナスタシアの体を引き寄せ抱きしめる。自身が忠誠を捧げるアナスタシアだけでも生きていた。ルスランはその事を神に感謝する。

「姫様、姫様、申し訳ありません。こんなにも、遅くなってしまいました」

「みんなは？　お姉様やアレクセイは…」

ルスランはアレクサンドラ皇后の下敷きになっていたアレクセイを確認するが、数発の銃弾を受けており既に絶命していた。他の皇族たちも、もう……。

「姫様…、申し訳ありません、残念ながら…」

「ああ……」

「姫様、さあ、ご一緒に！　外では仲間たちが待っております」

「ルスラン、私はいいの…、あなたたちだけで逃げて…、もう、お姉様も、お父様も、お母様も、誰もいないわ……。私はお姉様たちと一緒にここで果てたいの…もう、生きていたくないの…」

「何を言っているのですか！　姫様！　皇后陛下は、姫様とアレクセイ様に覆い被さっておられました。姫様をかばって亡くなられたのです。自らの命に替えても、姫様に生きてもらいたいと思ったのです！　ここで死んでしまったら、皇后陛下は何の為に命を落とされたのですか？　姫様は、姫様は、必ず生きてここを出なければいけないのです！　お願いです！　姫様、立ち上がってください！」

「ルスラン……ルスラン……、私はもう公女ではないわ。ただの囚人よ。それでもあなたは……」

「はい、私の忠誠は、永遠に姫様の為のみにあります」

「わかったわ、ルスラン。一緒に……生き抜きましょう……」

アナスタシアは、ぎゅっとルスランを抱きしめる。銃弾を受けて、その左腕には血が流れていた。


――――

ルスランとアナスタシアが地下室を出てすぐに、ユロフスキーたちもよろよろと動き出す。しかし、爆風で鼓膜がやられたのか何も聞こえない。それでもユロフスキーは地下室を出て、無事な部下たちに追跡するよう指示を出した。

――――

ルスランたちは、アナスタシアを囲むようにして館の外に出る。既に仲間のうち11人が脱落していた。そして、東門に向けて走る。東門を出て300メートルくらいの林に馬車を隠しているので、そこまでたどり着ければ、逃亡できる可能性は高くなる。

「敵だ！」

東門から3人の敵が小銃を撃ってくる。敵兵も慌てていて狙いが定まっていない。

ルスランは拳銃を向けて発砲するが、2発撃ったところで弾切れになった。もう予備の弾薬も無い。ルスランは拳銃を捨て、腰の銃剣を抜いて敵に斬り込む。敵も小銃を撃ってくるが、ルスランの突撃を止められなかった。

ルスランはあっという間に3人を刺突し、無力化することに成功する。

「さあ、姫様、お急ぎください」

ルスランたちは、馬車を隠してある林にたどり着いた。そこには、大きめの2頭立て馬車と、馬が1頭控えていた。そして、ルスランとアナスタシア以外の者たちは馬車に乗り走り出す。

ルスランはアナスタシアを馬に乗せてから、自身も馬に跨がる。

皇帝一家を救出出来た場合、皇帝を足の速い馬に乗せ、それ以外の家族を馬車に乗せる予定だった。最悪、皇帝だけでも助けるつもりだったのだ。しかし、救出できたのはアナスタシア１人。ルスランは馬車をおとりに使い、アナスタシアを馬で逃がす事にした。

「姫様、腕の傷は大丈夫ですか？」

「ええ、少し熱い感じがするけど、それほど痛くは無いわ。ルスランこそ大丈夫？」

「はい、姫様。私は姫様の騎士なのです。無敵ですよ」


夜道なので、それほどの速度を出せないが、どうやら追っ手も無いようだ。そして、10キロメートルほど離れた廃屋にたどり着く。

「ヤンコフスキー殿！　良かった！」

廃屋の中から1人の老人が出てきた。皇帝の侍従を長く務めていた、アントニン・ルバノフだ。

「ルバノフ殿、アナスタシア様をお連れした」

「……それでは、他の方々は……」

「ああ、すまない。間に合わなかった」

「そうでしたか……」

「話は後だ。馬車に乗り換える。夜明けまでに、例の隠れ家にたどり着くぞ」

ルスランたちは馬車に乗り換え、隠れ家に向かう。御者はルバノフが勤めて、ルスランとアナスタシアが客室に座った。

「姫様、申し訳ありませんでした。もっと早く救出できていれば…」

「いいのよ、ルスラン、あれだけ厳重に警備してたんだもの。それに、お父様が言ってらしたわ。『これだけ長い期間幽閉するのだから、革命軍も私たちを殺すつもりは無いのだろう』って。でも、状況が変わったのね」

「はい…。我々も裁判で皇帝陛下はともかく、姫様たちは無罪になると信じていました。その判断が、結果、救出を遅らせてしまいました。申し開きもございい…くっ…」

「ルスラン、どうしたの？　ルスラン？」

アナスタシアはルスランを抱き寄せる。暗くてルスランの様子はよくわからないが、ルスランの腹部と背中に、ぬるぬるとした血があふれている事に気がついた。

「ルスラン、あなた……、ルバノフ！　馬車を止めて！」

ルバノフは馬車を止めて客室に入る。

「ヤンコフスキー殿…」

「ルバノフ、馬車を止めるな…。夜明けまでに何としても姫様を隠れ家に…私の事は気にかけるな」

弱々しい声でルスランは続ける。

「姫様、最後の最後で…失敗を…してしまいました。もう、私は、姫様のお役に立てそうもありません…。お許しください…私の旅は、ここで終わりのようです…」

「嫌よ…ルスラン…嫌だ…おねがい…」

ルスランは、血に濡れた手でアナスタシアの手を握る。その手に、もう力は無い。

「姫様…国の様々な場所で…革命政府は圧政を敷いて…農村からは食料を取り上げております。この1年半で…本当に多くの人たちが餓死するのを見ました……白軍も、民衆を顧みてはおりません……姫様…国を救えるのは姫様だけです……どうか姫様…国を、故郷をお救いください…」

「ルスラン！　目を開けて！　お願い！　これは命令よ！　ルスラン！　ルスラーン！」

ルスランはそのまま意識を失った。

隠れ家に着いた時、ルスランの心臓は既に止まっていた。消えかかる意識の中で、ルスランはなぜ、国を救ってくれといったのか？

その言葉がアナスタシアの人生を、そしてこの後の世界を大きく変える事になる。

第二十四話　発覚（1）

１９２０年２月　ニコラエフスク

「有馬少将閣下、こちらをご覧ください」

有馬中尉は父親でもある有馬少将に、ルバノフという老人が持っていた手紙を見せる。

「これは？」

「はい、少将閣下。赤軍によって撃たれた民間人が所持しておりました。ロシア皇帝、ニコライ二世が書いたと思われる手紙です」

「ニコライ二世の手紙だと？」

「はい、少将閣下。封蝋に押されている印と、手紙の署名から間違いないと思います。書かれたのは、１９１７年１月で、ロシア革命の直前です。内容は、侍従のルバノフに対して、何かあれば公女と皇太子を逃がして欲しいとの内容です。そして、この手紙を所持していた老人は、１人の少女をかくまっていました」

「なるほど。すると、その少女が、ロシア皇帝の公女の1人の可能性があるという事か…」

「はい、少将閣下。その可能性が高いと思われます。その少女は、町娘にしては顔立ちも整っており、気品があります。また、炊事や洗濯をした事の無い手をしていました。高貴な家の子女に間違いないと思います」

「わかった、少女が逃げないように、監視を付けよう。それと、中曾大尉に少女の尋問をさせるので通訳を頼む。ああ、あと、中尉の直属の上官への報告もしておくように。もし、ロシア皇帝の子女を保護したとなると、大手柄だからな」

「はい、少将閣下。摂政殿下へご報告をしても良いのですか？」

「もちろんだ。そうすれば、中尉の出世にも良い影響があるのではないか？　それは、父親としても嬉しい事だ。直属の上官が摂政殿下とはうらやましい事よ。いずれ中尉は、天皇陛下の直属になる。有馬家にとっては名誉な事だ。しかし、陸軍の中では、『宇宙軍は摂政殿下のおままごと』などと揶揄する連中もいる。全く不敬きわまりない。ここで手柄を上げるのは宇宙軍にとっても良い事だ」

「はい、少将閣下。ご配慮に感謝いたします」


――――


「おじいさまは、今は落ち着いていますが、予断を許さない状況です。さぞご心配でしょう」

「…………」

「さて、本題ですが、おじいさまがこのような手紙を持っていました。見覚えはありますか？」

双頭の鷲の印を表にして少女に見せる。

「！！…………いえ、知らないわ…」

「そうですか、この手紙は、ロシア皇帝ニコライ二世が書いた手紙です。自分の子供たちの保護を頼むと書いてありました。あなたは、アナスタシア公女ですね」

手紙には、アナスタシアと明言されているわけでは無かったが、年齢からアナスタシアであろうとアタリをつけて問いかけた。

「…………いえ、違います。私はアンナです」

そこへ、陸軍の兵卒が入って来て中曾大尉にメモを渡す。そのメモの内容を有馬中尉にも伝えた。

「あなたたちが居た館の大家と連絡が取れました。それによると、おじいさまのお名前はエゴール・チトキン、そしてあなたの名前はアンナ・チトキナという事ですが？」

「…………」

「気が動転してしまい、偽名では無く本名を叫んでしまったのですね？　あのご老人はロシア皇帝の侍従のルバノフ。そして、その彼を呼び捨てにするあなたは、アナスタシア公女ですね」

「…………」

黙ったままだが、少女は敵を見るような目で有馬中尉をにらみつける。有馬中尉はその迫力に気圧されてしまった。

「皇帝のご家族は、赤軍が逮捕し保護しているという事ですが、お1人だけで逃げてきたのですか？　他のご家族は今、どこにいらっしゃるのですか？」

この当時、皇帝自身に対しては、死刑が執行されたという公式発表のあとに、それを否定する発表があるなど混乱していた。しかし家族については、一貫して保護していると赤軍は主張していたのである。


「…………うう…………うぅぅ…うわあああぁぁぁぁぁぁぁぁぁん…………」

何か、堰が切れたように彼女は泣き出した。机に顔を伏せて泣き続ける。

「みんな、みんな殺されたわ…。エカテリンブルクで……母様が私をかばってくれたの…。生き残ったのは私だけ……ルスランも死んでしまったわ…」

「そ、それは本当の事ですか？　赤軍は、家族は安全に保護していると発表していますが…」

「そんなの嘘よ。みんな地下室に集められて、お父様とお母様とお姉様やアレクセイや、みんな、みんな、殺されたの…」

「そんな……、女子供まで殺すなんて……」

うつむきながら話していたアナスタシアは、突然顔を上げて、有馬中尉をにらみつける。

「女子供までって…日本人のあなたがよく言えるわね！　ここに逃げてくる間、そこはすべて地獄だったわ。赤軍や白軍に皆殺しにされた村、そして、日本軍に殺された女性や子供の死体も数え切れないほど見てきたわ！　みんな一緒よ！　あなたも、お姉様たちを殺した赤軍と何も変わらないわ！」

「なんだとぉ！　我が栄えある皇軍が女子供を殺すような事は無い！　断じて無い！　今の言葉、すぐに取り消せ！」

有馬中尉は激昂して立ち上がる。我が栄えある皇軍が、最高司令官に大元帥天皇陛下を頂く皇軍が、事もあろうに女子供を殺すなど、あってはならない事だった。

「はっ、とんだお坊ちゃまね。16才までの私と一緒だわ。私も、お父様が市民に銃を向ける事を命令してたなんて信じてなかった。何も知らなかったのよ。今の、その間抜けな顔をしているあなたと同じだったのよ…」

第二十五話　発覚（２）

有馬中尉は、アナスタシアから聞き出した事を宇宙軍に打電する。

１．皇帝一家は、１９１８年7月にエカテリンブルグで処刑された。場所はイパチェフ館の地下。

２．四女のアナスタシアのみ救出され、侍従のルバノフと２人でニコラエフスクまで逃げてきた。

3．ルバノフは重傷、アナスタシアは軽傷、陸軍第七師団にて保護している。
4．アナスタシアは逃亡の途中、日本軍による住民虐殺を目撃した。

電文は、宇宙軍で開発された暗号キーを使用して暗号化された。全てトンツー符号で送られる。「トン（短音）」が「0」で、「ツー（長音）」が「1」だ。電文はこの二進数に変換され、長い01データとなって送信された。

日本軍による住民虐殺については証拠があるわけでも無いので、伝えなくても良いかとも思ったが、情報を精査するのは本部の仕事だと思い直し、全て打電する事にした。


――――


「これは！　すぐに摂政殿下にご報告せねば！」

１９１８年7月に、エカテリンブルグにあるイパチェフ館の地下で処刑が執行されたというのは、史実と合致する。１９２０年において、この事を、当事者と赤軍幹部以外が知る事は無いはずだ。すると、アナスタシアは本物。すでに歴史が変わり始めている。

蒼龍は、アナスタシアの生存を最大限利用するための策謀を考えるのであった。

「摂政殿下、ニコラエフスクに派遣している有馬中尉から、次のような電文が届きました」

蒼龍は、自身の考えも含めて殿下に報告をした。

「すると、そのアナスタシア公女は本物で、一家は既に殺害されていると？　なんと惨い事を…。それと、我が皇軍が現地で虐殺を働いているというのは本当か？　もし事実なら看過できぬ！」

殿下はわなわなと震える手で、報告書を握っている。

蒼龍は前世の知識で、日本軍がシベリア出兵をしていた事は知っており、ニコラエフスクで日本人虐殺が起こる事も知っていた。しかし、日本軍がシベリアで住民の殺害事件を起こしていた事は知っていたが、詳細まで読んだ事はなかった。

「はい、殿下。虐殺についての証拠はありませんが、極限の状態で、そういった事件が発生した可能性はあります。しかし、現時点においては確定できません。いずれにせよ、ロシアでは白軍の旗色は悪く、ニコラエフスクへの赤軍襲撃も発生した事から、シベリアにいる居留民と日本軍の撤退を進言いたします」

摂政は事実を確認するべく、陸軍大臣を招聘した。

「大臣、今のシベリア出兵はいつまで続けるつもりか？」

「はい、殿下。シベリア各地での居留民の権益と安全が確保されるまでは、続けざるを得ないと考えます」

「しかし、大臣。先般のニコラエフスクのように、これからも赤軍の襲撃が続けば、居留民の安全の確保も難しくなる。今回は大臣に先見の明があったからこそ、増援を送って事なきを得たが、これからもそれが続くとは思えない。そろそろ、居留民をつれて撤収をした方が良いのでは無いか？」

「はい、殿下。しかし、現時点で居留民の権益を捨てさせる事は、まだ得策ではないと考えます」

「そうか。ところで、シベリアでの赤軍との戦闘はどうなっておる？　我が軍に損害は出てはいないのか？　それに、我が軍はロシア人民に対して攻撃をしたりはしておるまいな？」

「はい、殿下。我が軍は精鋭で有り、出来るだけ赤軍との衝突も避けておりますので、ほとんど損害は出ておりません。また、攻撃してきた場合は防御しますが、それ以上、我が軍から攻撃をする事はありません。ロシア人民に攻撃をするなど、あり得ない事です」

　実際には、この時点で日本軍に３００人以上の死者と千名以上の負傷者を出している。

「そうか、それならば良い。しかし、アメリカやイギリスは既に兵を撤収したと聞く。我が国もそろそろ潮時なのではないか？」

「はい、殿下。派遣軍にも最新の状況を問い合わせ、出来うるならば殿下のご意向に添えるよう尽力いたします」


「どう思う、高城よ」

　陸軍大臣が退出した後、隠れて聞いていた高城蒼龍が出てくる。

「はい、殿下。日本軍に損害が出ていないというのは、正確では無いと思います。また、現地のロシア人民を殺害していないというのも、確認しないとならないと思います。少なくとも参謀本部までは、何かしらの情報が上がってきていると思いますので、確認されるのが良いのではないでしょうか」

そして陸軍大臣に、シベリア派遣部隊とやりとりした電信を全て持ってくるように指示を出した。摂政が軍の通信文の原本を見るというのは前代未聞であったが、胸騒ぎがおさまらず、どうしても直接確認したかったのだ。

電信はできるだけ短い単語で送信するのが通例となっていたので、文書の量はそれほどでも無かった。摂政は宇宙軍の士官と共に、確認をする。

「電２３８号の次が２４１号か・・２３９と２４０が抜けている」

「こっちもだ。所々抜けている。これは、意図して外してあるな」

電信の内容は、補給に関する事や、交代要員に関する事など当たり障りのないものばかりであった。

第二十六話　発覚（３）

「陸軍大臣、シベリアとの電信は所々抜けているようだが、それはなぜか？」

「はい、殿下。それは…その…軍機（軍事機密）にございます」

「そうか、大臣よ。今の私の立場を知っているか？」

「は、はい、摂政殿下にございます」

「そうだ。ご病気の陛下に代わり、陛下の大権を代行しておる。帝国憲法の第11条には何と書かれておる」

「は、はい、殿下。そ、それは…『天皇は陸海軍を統帥す』とあります」

大臣の顔は、青色を通り越して、ほとんど真っ白になっている。そして、その額からは、激しく脂汗がしたたり落ちていた。

「そうだな、大臣。今、陸海軍を統帥しているのは私だ。大元帥を代行している私に隠し事をするというのは、不忠では無いのか？」

「で、で、殿下…。不忠などと……そ、そのような事は…」

「では大臣。抜けている電信をすぐに持ってきてはくれまいか？　軍機という事なので、その電信については、私以外、誰にも見せぬ事を約束する」

しばらくして、陸軍大臣と参謀本部の中佐が電信を持って参内してきた。

摂政は、大臣と中佐の前で電信をめくり始める。

『村落中の人民に敵対するものがあれば、過激軍に荷担するものとしてその村落を全て焼棄すべしと命令す』

『各村落において、過激派を発見した時は、人口の多寡にかかわらず焼き打ちしてことごとくを殲滅す』

『村民の多くを一棟の物置小屋に押し込め、火を放ち生きながらにして焼き殺したとの証言有り』

『大正８年２月歩兵第72連隊３１０名は過激派と奮戦するも全員戦死せり』

どれもこれも、摂政にとって信じられない内容のものばかりであった。

「大臣よ。『人口の多寡にかかわらず殲滅す』とはどういう事だ？」

「はい、殿下。そ、それは…その…敵の多い少ないにかかわらず、という事であります…」

「そうか？　私には、その村に少しでも敵がいれば、村人が多い少ないにかかわらず、村ごと焼き払えとの指示に思えるのだが、私の国語力が足りないのであろうか？　それと、第72連隊が全員戦死と書かれている。これは戦って死んでしまったという意味では無いのか？　我が軍の損害はほとんど無いと言ってはいなかったか？　それとも、部隊全滅は、大臣にとっては極めて軽微な損害なのか？」

「………………」

大臣は下唇を噛みしめ、目をつむり直立している。隣の中佐も石の置物のように固まってしまっている。完全に蛇ににらまれた蛙だ。

「陸軍は私が統帥している。つまり、疑わしい村人は全員殺せという命令を私が出したにも等しいという事なのだな？　大臣よ、なぜ答えぬ」

大臣の全身はぷるぷると震えはじめ、右手で左胸の辺りを強く握ると、棒きれが倒れるように、前に卒倒した。全く受け身もとれず、激しい音と共に倒れた大臣は、ぴくりとも動かなくなった。

※史実では、日本のシベリア派遣軍が、赤軍に荷担している村落や、その疑いのある村落を襲撃して、「村を殲滅した」との「日本側の」戦闘詳報や電信の記録がある。もちろん、無抵抗の村民や婦女子を殺害したとの直接的な記載は無いが、ウラジオストクに派遣された日本軍が、ロシア難民から聞き取り調査をした記録には、日本軍が老若男女を問わず村人を一カ所に集めて銃殺した、火をつけて焼き殺したなどの証言が残されている。参謀本部は、占領地を拡大しない事、赤軍との戦闘は自重する事と命令を出していたが、現地第十二師団の師団長は、それをことごとく黙殺し、占領地を広げる。シベリア出兵が終了した後は、その功績により男爵に叙爵された。この事例から、本国の命令を無視しても、占領地を広げれば評価されるという認識が広まったという研究がある。

陸軍大臣は、そのまま入院となった。

「高城よ、軍機ゆえ詳しい事は言えぬが、シベリア出兵では懸念していた事が起こっていたようだ」

「やはりそうでしたか。ちょうど、有馬少将がニコラエフスクにおります。黒竜江の氷が溶けるのを待って、有馬少将に調査をしてもらうのがよろしいかと存じます。それと同時に、シベリア派遣軍には撤収の命令を出しましょう」

「そうだな、もはや、シベリアに駐屯する意味は無い。それはそうと、アナスタシア公女の件は、どのようにするのだ?」

「はい、殿下。アナスタシア公女には、日本に来て頂き保護しましょう。しばらくはその事実を極秘にし、有馬家預かりにするのが良いかと思います。そして、現在占領している北樺太に、ロシア帝国正統政府として独立を承認するのです。現在ロシアにて内戦をしている白軍にも、北樺太に来るように促します。そして、力を蓄え、捲土重来を果たしてもらいましょう」

「なるほどな。日本の同盟国として再起してもらうのだな」

「はい、殿下。左様にございます。ロシアの憲法も、帝国憲法を参考にして制定します。日本の〝ともだち〟になれるよう、我々も尽力いたしましょう」

第二十七話　アナスタシアがやってきた

摂政の指示でアナスタシアは、有馬家にて極秘に保護される事となった。

１９２０年４月21日

有馬中尉が帰国し、報告のために参内した。父親の有馬少将は、現地調査のためシベリアに残っている。

「摂政殿下、有馬中尉、ただいま帰任いたしました」

「有馬中尉、ご苦労であった。ロシアの公女を保護するとは、大変な戦果であった。アナスタシア公女殿下の様子はどうかな？」

「はい、殿下。現在は東京第一衛戍病院にて検査入院をしております。３日後には、私の自宅に移動して静養する予定です。侍従のルバノフ殿は残念でしたが…」

「そうか。１人になってしまったアナスタシア公女殿下の事を、よろしく頼む。１人だけで異国の地に身を寄せなければならぬとは、心細いであろうに。ロシア語の堪能な中尉がそばにいれば心強いであろう。それに、公女殿下は我々と同い年であったな。良き友人になってやってくれ」

アナスタシアと摂政との面会は、少し落ち着いてから実施する事になった。

３日後、有馬家

「おい、アナスタシア！　そこからは靴を脱げよ！」

「なによ、勝巳（※有馬中尉の名前）！　最初に言ってくれなきゃわからないわよ！　日本の家ってよくわからないわね！　だいたいなんで裸足で歩けるの？　それに、何？　この天井の低さは？　あなた、確か貴族って言ってなかった？　これのいったいどこが貴族様の家なの？　日本人ってみんな身長低いから、それに合わせたとしても小さすぎない？」

「身長低くて悪かったな！　別に１７０センチメートル無くったって人権はあるんだよ！　それに、俺は１７０センチ丁度だ！　日本の貴族は、ヨーロッパみたいに贅沢はしないんだよ！」

アナスタシアは、早口のロシア語でまくし立てる。ちなみに、アナスタシアの身長は１５７センチ。当時の日本人女性の平均より10センチほど身長が高い。

有馬家は元々大名家なので、現在では子爵に叙されている。しかし、日本の貴族（華族）はよほど特別な家柄では無い限り、少々裕福な商家の家と変わりはなかった。

「お坊ちゃま、お帰りなさいませ。お嬢様は何かお困りですか？」

玄関に正座をして出迎えた有馬家の女中（ばあや）が、心配そうに見上げる。

「い、いや、ばあや。ちょっと文化の違いに戸惑ってるだけだよ。心配ない」

アナスタシアは、有馬家において極秘に保護されながら、有馬中尉から日本の歴史や政治体制、国民の様子などを学んでいくのであった。

１９２０年８月
史実より２年早く、シベリア出兵は終了し、現地居留民と共に帰国を果たした。

「摂政殿下、これがシベリアで調査をした戦闘詳報になります」

有馬大佐（シベリアから帰任したため、臨時任官の少将から本来の大佐に戻っている）は、摂政に恭しく頭を下げる。

摂政は、提出された報告書をめくり、読み進めた。その間、有馬大佐は頭を下げたまま微動だにしない。


「有馬大佐、ご苦労であった。シベリアは、想像以上に過酷な戦場であったようだな」

「はい、殿下。赤軍は軍服も着ておらず、良民か匪賊かの区別をする事も困難であり、現地部隊は混乱を極め損害の甚大なるに及び、その結果、無分別な村民の殺害に至ったようでございます」

「そうか、赤軍は、民衆を巻き込む事を何とも思わないのだな。このように追い詰められてしまえば、致し方のない事もあるのだろう。しかし、これだけ損害を出しておきながら、その事実を隠し、作戦はつつがなく進行しているように見せかけていたのだな。愚かな事よ。正確に状況を報告しておれば、それに応じた対策が立てられたものを」

「はい、殿下。お恥ずかしい限りでございます」

「よい、有馬大佐の責任では無い。このような事に気づけなかった私の責任だ。参謀本部から戦域を拡大しないように命令があったにもかかわらず、それを無視して進軍するなど、天皇の統帥を軽んじているとしか思えぬ。戦域を拡大さえしなければ、赤軍パルチザンとの衝突もこれほどではなかったのであろう。綱紀粛正を図っていかねばならぬな」

「はい、殿下。おっしゃるとおりでございます」

「ところで、シベリアに抑留されていた、ポーランドの難民と孤児たちの救出が出来たのは僥倖であったな。いや、有馬大佐の実力故の事か。何にしても、よくぞやってくれた。感謝するぞ」

「はい、殿下。もったいなきお言葉。ポーランド難民が抑留されているという殿下からの情報があればこそ、彼らの救出が出来たのです」

有馬大佐は、ニコラエフスク防衛の功績で少将に昇進し、そしてシベリアでの現地派遣軍の調査と、ポーランド難民救出、および迅速なシベリア撤兵の功績で中将に特別に昇進した。

そして、シベリアでの民間人殺害に関しては、故意であった事を証明できないため不問となったが、参謀本部の指示を無視して、戦域を拡大した師団長およびその側近の数名が、更迭の上、予備役に編入となった。
※予備役に編入：軍に於いては、実質解雇の事。

「師団長が解任されて、予備役に編入された。いったいどういう事だ？」

「納得がいかん。あんなにも一生懸命戦って、多くの戦友が斃れてやっと獲得した権益を放棄するとは。しかも、帰ってみれば、一般市民を殺害した犯罪者扱いだ！　あの戦場の事を何も知らない、安全なところから見ていただけの連中に何が解る！」

「今回の件では、有馬大佐が動いていたが、本当の黒幕は摂政殿下のおそばにいるらしいぞ」

「それは、誰だ？」

「宇宙軍の高城中尉だ。殿下と学習院で同級生だった事を良い事に、殿下に甘言を弄し、陸軍の力を弱めて自身の栄達を図ろうとしている。国益を害するまさに君側の奸だ」


―――


日本政府は、樺太において「ロシア帝国正統政府」の樹立を秘密裏に決定し、準備を進める。設立は１９２１年2月11日の予定だ。皇帝はもちろん、アナスタシア。ロシアにおいては、18世紀のエカチェリーナ二世以来の女帝となる。

そして、日本政府は水面下で、ロシア内戦中の白軍に対して樺太に来るように働きかける。その結果、ロシア帝国正統政府樹立後2年で、１千万人のロシア人が樺太に移住する事となった。

第二十八話　エンジン開発

時は少し遡って１９１９年４月
「三宅中尉。これが小型汎用エンジンの設計図だ。ピストンリングや軸受けの素材についてもできるだけ詳細に書いてある。素材関連は米倉中尉と協力して、まずは、これらのエンジンの量産化実現をお願いしたい」

三宅中尉には、宇宙軍兵学校技術士官課程の設立と同時並行で、小型汎用エンジンの量産化を任せた。

この当時、日本のエンジン開発は、工場で使う汎用のガスエンジンの製造がやっとという状況で、１９１９年３月に、大阪の発動機製造株式会社が陸軍の要請でトラックを試作したが、採用には至っていない。自動車用国産エンジンは、まだまだ先の話といった状況だった。

高城蒼龍が用意した設計図は３種類。全て、21世紀のＩＳＯ規格で設計してある。

1. 空冷単気筒４ストロークＯＨＶ小型ガソリンエンジン
２００㏄から３５０㏄までほぼ同一設計。汎用ポンプや農業用機械に利用
2. 空冷単気筒４ストロークＯＨＣ小型ガソリンエンジン
50㏄から１２５㏄までほぼ同一設計で３速ミッションと一体になっている。小型バイクに利用
3. 空冷単気筒２ストロークエンジン
25㏄から40㏄までほぼ同一設計。草刈り機や船外機に利用

高城が優先したのは、エンジン技術の向上だった。高出力なエンジンが出来れば、それだけ高

性能な車両や航空機の開発が出来る。

例えば、１９３７年に開発された日本陸軍九七式中戦車のエンジンは、21・７Ｌで約１５０馬力だが、１９９０年に開発された自衛隊の九十式戦車のエンジンは、21・５Ｌの排気量から１５００馬力を絞り出す。ほぼ同じ排気量でありながら、実に10倍ものパワーがあるのだ。

強力なエンジンがあれば、それだけ装甲を厚く出来、生存性が高くなる。また、高威力の武器も搭載できるようになり、良い事だらけだ。


エンジンの高性能化は、最優先で取り組む課題だった。

しかし、１９１９年当時において日本の工業技術は黎明期で有り、当然、部品製造を外注に出せるような企業はない。

そこで三宅は、試作品は全て宇宙軍内で作る事にする。

幸いにも全国の工業高校から、学生60人を兵学校技術士官課程に採用する事が出来た。フライス盤や旋盤も使えるし、溶接や鋳造を学んだ人材もいる。彼らをチームに分けて、部品単位で製作に当たらせた。

また、それと同時に、農村部から入学した総合課程の学生にも工作機械の使用方法を習熟させる。宇宙軍兵学校総合課程とはいっても、その実質は職業訓練校だ。量産化のためには製造工程を極限まで簡素化し、短期の研修で女学生にでも部品製造が出来るようにしなければならない。

宇宙軍兵器工廠に工作機械の設置が終わるまで、東京工業学校の機械を借りて試作品を作る。そして夏までには、工廠に必要な全ての工作機械がそろったので、作業の効率も向上した。

三宅が最も力を入れたのが、各チーム間の情報交換だ。この当時の日本では技術は職人の宝で有り、技術が欲しければそれに師事して学べという意識が色濃く残っていた。三宅は、そういう旧態依然とした悪弊を完全に廃し、毎週1回情報交換ミーティングを開催した。そして、よりよい改善案や情報を発表したチームにはポイントを付与し、二ヶ月に1回最優秀チームに対して、摂政から「優秀賞」が贈られる。

彼らは、摂政殿下から表彰してもらうために、寝食を忘れて開発に取り組んだ。この時代において平民の若者が、摂政から直接表彰状を頂けるなど、夢のまた夢。もし表彰状を受け取って村に帰ったら、村人総出でお祭りになるのは必至だ。まさに、故郷に錦を飾る事ができる。

「俺、殿下から表彰状をもらえたら、村に帰って千代ちゃんと結婚するんだ」

そんな死亡フラグを立てながら、皆、開発に邁進した。

ピストンリングや軸受けなど、特殊な合金を必要とする部分については、米倉中尉と一緒に開発した。高城蒼龍も、ピストンリングや軸受けなどを作るための必要元素の種類については知っていたが、その詳細な成分割合や、焼成の温度などについての知識は無い。試行錯誤を繰り返しながら、必要とされる強度や靭性を出していった。

また、オイルシールに使うゴムの耐久性向上も実現していく。

点火系はマグネトー点火の最もシンプルな方式だ。この時代でも問題なく製造できた。


そうして１９１９年12月に、試作一号機が完成した。

完成したのは、「２００cc空冷単気筒４ストロークＯＨＶ小型ガソリンエンジン」だ。チョークを閉めて、力強くスターターロープを引く。

ブロンッ！　ブロロロロロロ……

「やったー！　動いたぞ！　成功だぁー！！」

「このエンジンが量産の暁には（以下略）」

皆抱きあって喜んだ。当時の技術水準としてはトップクラスの性能。

２００ccの排気量から５・６馬力／３３００回転の出力。そして、１００時間連続運転テストにも耐えた。　※当時のハーレー１９２０Ｗ　ＳＰＯＲＴは５８４cc／８馬力
21世紀のエンジンポンプの設計を参考にしているので、量産性も充分に考慮されている。また、当時の品質の低いオイルやガソリンでも、問題なく動作するように余裕を持った設計にした。

早速、量産化の準備に取りかかる。製造工程を細分化して、効率よく部品を製造できるようにした。製造の現場には、宇宙軍兵学校総合課程に在籍する学生を教育して充当。教育担当は技術

士官の男子だ。総合課程の学生は、農村から口減らしされた女子が多かったので、技術士官課程の男子とすぐにお付き合いがはじまってしまい、次々に結婚していった。そして、女子の間では技術士官と結婚する事が一つの目標となったのである。

「いや、まあ、幸せになるのは良い事なんだけどね。寿退官なんて認めないよ。託児所も整備するから、子供が出来てもちゃんと働いてね。宇宙軍は男女平等にブラックだよ」


最初、宇宙軍の中のみで生産していたが、外部の協力工場に技術移転し、日本の工業力の底上げを図っていく。

１９２０年6月には、月産千台だったものが、１９２１年6月には月産3万台を実現し、国内のみならず、アメリカやヨーロッパにも輸出されたのであった。

丁度この時期に発生した「戦後恐慌」での失業者救済にも一役買う事になる。


「高性能なエンジンを輸出して、大丈夫？　外国の技術が進んで核兵器とか早く開発されたりしない？」

「たぶん大丈夫だよ。リリエルが心配するのもわかるけど、実は内燃機関（エンジン）の基本技術って、１９２０年頃から百年以上ほとんど進歩してないんだよね。制御技術や材料分野では進歩したけど、基本構造はそのまんま。それに、このエンジンに近い性能のエンジンは、アメリカでは既にハーレーが実用化してるしね。ま、うちの方が、安くて信頼性も高いけど」

この汎用エンジンを使用した農業用機械の製作も進められた。また、小型バイク用エンジンや、2ストロークエンジンの開発も順調に進んでいくのであった。

第二十九話　農業革命と戦後恐慌

〈農業革命〉

　１９１９年５月
「リリエル、空気からパンを作るよ！」

「はぁ？　何言ってるの？　そんな事、神様にだって出来ないわよ！」

　１９００年代初頭に開発された肥料を生産するための方法「ハーバー・ボッシュ法」は、空気中の窒素から肥料を大量に作れるため、空気からパンを作る方法と呼ばれている。

　当時「ハーバー・ボッシュ法」の特許はドイツが持っていたが、第一次世界大戦によるどさくさで「敵国資産」として接収し、日本での製造準備がされつつあった。

「１９００年代初頭から百年間、ハーバー・ボッシュ法で肥料が生産されていたんだけど、２０

２３年に新しい触媒が開発されてね、それまでは５００度以上の高温が必要だったけど、たったの１００度ちょっとの温度で生産できるようになったんだよ。プラントの設計図は完成しているから、あとは作るだけだな」

摂政殿下の口利きで、大江戸瓦斯株式会社の協力を得る事ができ、東京湾埋め立て地に1号プラントが建設された。設計こそ出来てはいたが、それでも、そうとう無理をさせて工期を大幅に短縮させた。

「大江戸瓦斯さんには、頭が上がらないな」

窒素肥料に必要なものは、水素と窒素と熱。窒素は空気中に無尽蔵にある。水素は石炭を低酸素状態で加熱し、石炭ガスとして取り出せる。このようにして、空気と石炭から肥料を生み出す事が出来るのだ。

プラントの建築工事は順調に進み、１９２０年3月に稼働が開始された。製造工程は、ほとんどを大江戸瓦斯に委託している。もちろん、特許関連は宇宙軍の外郭団体で抑えてあるので心配ない。

「まずは、月産1千トンの生産開始だな。同規模のプラントの建設工事も始まったから、生産量はすぐに倍増だ。輸出もどんどん増やしていこう」

同時期に開発している農業機械の普及もあいまって、農業生産は劇的に向上していくのである。

〈戦後恐慌〉

１９２０年３月

欧州大戦での大戦景気から続く大正バブルがとうとうはじけた。いわゆる戦後恐慌の始まりだ。株価は、大正バブル期を頂点として、１９３０年代初頭まで下がり続け三分の一程度まで下落。そして、欧州大戦の景気で急成長した企業の多くが倒産し、そこに融資をしていた銀行も相次いで破綻するのである。

少し時間を遡って、摂政に就任してすぐの１９１９年２月、摂政は原首相と高橋是清大蔵大臣を招聘した。

「原首相、高橋大臣、急遽来て頂いて感謝する。このところの過熱気味の景気について、何か対策を取っているのだろうか？　そのあたりを詳しく聞きたい」

「はい、殿下。物価急騰対策については『暴利取締令』を施行して常に監視をしております。また、景気の過熱ですが、労働者の給与は上昇してきており、賃上げが軌道に乗ってくれれば、景気の均衡はとれてくるのではないかと存じます」

※人件費の上昇によって企業の利益を圧迫し、景気の過熱を防ぐという事。

「そうか、しかし、現在は欧州向けの輸出が好調だが、来年の今頃には、欧州の工業生産も回復してくるであろう。そうなれば、余剰の生産力をもてあまし、倒産する企業も出てくるのではないか？　また、それに伴い、銀行の破綻も心配されるのではないか？」

「はい、殿下。殿下にそのようなご心配をおかけするのは、臣の不徳の致すところでございます。景気の過熱防止のために、公定歩合の引き上げを検討いたします。また、企業には、欧州の生産力回復を見越して、過剰な投資の抑制を呼びかけるようにいたします」


しかし、土地の値上がりを見込んで既に過剰な融資がされており、また、欧州から需要の高かった化学工業分野の工場増設も進んでいた。この時点ではもう後戻りできない状況になっていた。

「高城よ、景気の舵取りとは、なかなかうまく行かぬものだな」

「はい、殿下。今儲かっているのに、投資を中止して来年に備えるという判断は、なかなか出来にくいものです。公定歩合を引き上げた事により、景気の過熱を防いだとしても、公定歩合引き上げで景気を減速させてしまったと、非難される可能性もあります」


摂政は、大正バブル崩壊を見越して、大規模な公共事業プランを内閣に検討させた。当時の日本は大戦景気で財務状況は改善し、財政黒字化を実現していたので予算が通りやすかったのだ。バブルがはじけてからでは財政に不安があるとの理由で、予算が付きにくい可能性がある。１９２０年３月までに公共事業プランがまとまったのは僥倖であった。

・全国の主要河川に水力発電所の大増設
・電力周波数の60 Hzへの統一
・主要幹線道路のアスファルト化の推進
・東京湾の大規模埋め立て事業
・主要鉄道路線の複線化の推進
・東京と大阪の地下鉄敷設
・官営製鉄所の建設

これらの公共事業を行い、失業者の吸収を図った。製鉄所の建設は、当時、鉄鋼は必要量を国内生産で賄えていなかったため、将来の需要増に対応したものだ。また同時に、１９２０年以降は、金融機関の不良債権処理の解決に取り組んだ事により、史実に比べて戦後恐慌の影響を小さく出来た。

しかし世界はこの後、史実通りニューヨーク株の大暴落が発生し、ブロック経済化へ進んでいくのである。

第三十話　宇式農業機械

１９２０年12月　目黒競馬場

競馬場の観客席には、全国から10町歩（10ヘクタール）以上の農地を持っている農家（豪農）が集まっていた。摂政からの招待状が届いたのだ。豪農とは言え、摂政が臨席する催し物への招待など、子々孫々まで伝えられる栄誉。皆、喜び勇んではせ参じている。

「本日はお寒い中、多くの皆さんに来て頂き、ありがとうございます。それでは、摂政殿下からご挨拶を賜ります。皆さん、ご起立ください」

司会は高城蒼龍だ。宇宙軍が真空管を利用して制作した、マイクと拡声器を使っている。

全員が起立をして、特別席の摂政の方を見た。

「皆、よく来てくれた。今日紹介する機械は、これからの農業に必要な機械だ。充分に観察して理解して欲しい」

摂政の挨拶が終わり、皆が着席したのを確認して、蒼龍が続ける。

「それでは、摂政殿下が中心になって開発をされました、『宇式一号耕耘機』と『宇式一号田植機』の発表をいたします！」　※宇式とは「宇宙軍制式」の略

耕耘機（こううんき）と田植機（たうえき）を覆っている布がめくられる。そこには、赤と白のカラーリングが施された、

ピカピカに輝く耕耘機と田植機が鎮座していた。

当時の耕耘機（主にトラクター）は蒸気エンジンを搭載したものがほとんどで、それは相当に巨大な代物であり、日本の農家が軽々に導入できるものでは無かった。数年前に、小型で導入しやすいフォードソンF型トラクターが開発されたが、まだ日本には少数しか入ってきていない。

しかし、小さい…

それは、21世紀の管理機（テーラー）を一回り大きくした程度の機械だった。豪農たちは革命的な新型農業機械の発表と聞いていたので、もっと大きいものだと思っていた。すこし拍子抜けだ。

「それでは、さっそく実演を始めます」

耕耘機の元へ、操縦者が歩いてきて頭を下げると、にわかに会場がざわつき始めた。

「あれは、女子ではないか？　女子が機械を使うのか？」皆一様に、女子が農業機械を扱えるのかと、訝しんでいる。

「紹介が遅れました。本日、耕耘機の実演をするのは、帝国宇宙軍兵学校総合課程に在籍している河辺静子です。弱冠15才ですが、耕耘機の操縦は誰にも負けません」

作業用の和服に細身の袴をはいて、頭には手ぬぐいを角隠しの様に巻いており、茶摘みの女性のような出で立ちだった。薄化粧で、お世辞抜きにしてかわいい。

そのざわつきを無視して、河辺はぺこりと頭を下げ、耕耘機の前方に立つ。スターターロープ

を引っ張ると、
ブロンッ！　ブロロロロオ――――。いとも簡単にエンジンがかかった。

「なんだと？　たったあれだけで発動機が動くのか？」

「女子の力で簡単に？」

「ありえない！」

皆、一様に驚きの声を上げる。

当時のエンジンと言えば、蒸気エンジンか焼き玉エンジンで、始動には30分から1時間程度の時間が必要だった。ガソリンエンジンにしても、輸入自動車に使われているくらいで、それも、エンジン始動のためには屈強な男がクランク棒を差し込んで、思いきりエンジンを手動で回さないとかからないものだったのだ。


競馬場に用意された畑で実演が始まる。比較のために、裕福な農家のみ飼っていた牛による耕作も同時に行われた。この当時、ほとんどの農家は広大な農地を鍬による人力で耕していたのだ。

そして、河辺が耕耘機のアクセルを全開にして、クラッチレバーを押し込んだ。すると、耕耘爪が軽快に回り出すと同時に、耕耘機も前進を始める。その速度は、そこに居る農家の面々にとっては驚異的な速さだった。用意された長さ20メートル、幅10メートルほどの小さな畑は、15分ほどで耕し終わる。かたや隣の牛を使った畑の方は、まだ三分の一も終わっていない。さらに、耕耘機で耕した方の土は細かく砕けており、その実力差は歴然だった。しかも、それを操縦しているのは15才の少女だ。少女はほとんど力を入れる事無く、軽々と操縦していた。

観客は全員絶句する。


「牛さんの方がまだ終わっていませんが、次の実演に入ります。次は宇式一号田植機です」

次に、田植機の実演が始まる。今は冬なので、本来なら稲の苗は無いのだが、今回のために、温室にて苗を用意していた。

こちらも、比較のために、苗の植え子10人を用意している。

「それでは、はじめ！」

田植機と10人の植え子が同時に田植えを開始した。植え子が前屈みになって、腰の苗かごから苗を適量つまんで、手で水田に植えていく。21世紀では、時々イベントで見るような姿だ。かたや田植機の方は、「カッチャン、カッチャン」と機械の爪が苗をつまんで、どんどんと植えていく。

そして、10分ほどで植え終わったが、植え子の方は、まだ半分ほどしか終わっていない。1人で作業出来る分量を、10人で半分しか出来ていないという事は、作業効率は20倍！　しかも、田植機を操縦しているのは、15才の少女なのだ。

「これが、宇宙軍の田植機の実力か…」

皆、あごが外れるのでは無いかと言わんばかりに、口を開けて呆然としている。

すると、会場の一角から声が上がった。

「だ、誰か医者を！！」

あまりの衝撃で、年寄りが１人倒れたようだ。

「えーっと、ちょっとしたハプニング（意図せず英単語を使ってしまった）がありましたが、実演は楽しんで頂けたでしょうか？　それでは、質問を受け付けますので、質問のある方は、挙手を願います」

「はい！」　会場に居る参加者のほとんどが手を上げた。

「それでは、時間が許す限り出来るだけ質問を受け付けます。では、どうぞ」

手を上げている１人に、マイクを差し出す。

「え、えーと、それがしは静岡県…」

「すみません。時間があまりないので、自己紹介は遠慮して頂いて、ご質問だけお願いします」

「あ、ああ、その、あそこの娘子は独身かな？　ぜひ、うちの次男の嫁になってもらいたいのだが、あ、もちろん、あの機械も購入させて頂く」

「待て！　何を抜け駆けしておる！」

「そうだ！　あのように仕事の出来る娘子はぜひともうちの嫁に！」

「…あー、すみません。あの河辺静子は非売品です。諦めてください。機械についての質問以外をされる方は、強制的に退出して頂きますね」

——全く、田舎の年寄りどもは……——

「機械の値段はどれくらいですか？」

「はい！　そうですよね！　気になりますよね！　では、発表します！　『宇式一号耕耘機』のお値段はなんと１９０円、『宇式一号田植機』は２２０円です！」

「買った！」

「二台とも買うぞ！」

「すぐに納品できるなら2倍出してもいい！」

会場は大騒ぎになった。

それもそのはず。当時のフォードソンF型トラクターは、馬力は2倍とはいえ１９００円もしたのだ。１９２０年の給与所得者の平均年収が５８３円なので、現在の価値に変換すると、「宇式一号耕耘機：約１７０万円」「宇式一号田植機：約２００万円」程度になる。

この当時の豪農は、小作人を何世帯も抱えて、年間を通して農作業をしていた。もし、この機械を導入できれば、今までの10倍以上の効率化が図れる。つまり、小作人の90％を解雇できるのだ。そうなれば、すさまじい利益が豪農の元に残るようになる。

「はい、ご静粛に！　注文はお帰りの際に受け付けますので、ご安心ください。それでは、次の質問を…」

「あの機械を操作するには、どれくらい練習をすればよいのであろうか？」

「はい、その質問は、操縦者の河辺静子さんに答えて頂きます。河辺さん、どれくらい練習しましたか？」

実演が終わり、会場の片隅でお湯に足をつけてくつろいでいた河辺にマイクが向けられる。

「え？　え？　あ、あたし、ですかぁ？　えぇっと、耕耘機と田植機と、それぞれ半日ずつ練習しました」

「な、なんと!?」

「たった1日であの機械を、あそこまで使えるようになるのか？」

「女子でも、そんなに簡単に？」

「はい、どなたでも1日もあれば使えるようになります。この機械は農村に革命をもたらすのです！」

この後、燃料についてや、メンテナンスのコストについての質問が続けられた。

この日だけで耕耘機１３００台、田植機９００台の注文を受ける事になる。

「高城よ。今回の展示会は盛況だったな」

「はい、殿下。予想の通りです」

「農村での効率化が図れれば、工業分野への労働力が確保できる。日本の産業構造を根本から改革して、アメリカやイギリスに近づく事ができるな。素晴らしい計画だ」

「はい、殿下。本日参加した者たちへは、耕耘機の製造工場での求人広告を持たせてあります。給与は東京平均の1・1倍を支給するので、小作人の家族の内、誰か1人が出稼ぎにくれば、充分に一家を養えるだけの所得になります。また、作付けなどの技術指導には、農商務省と協力をしてあたっていきたいと思います」


宇式農業機械として、稲刈機や脱穀機、草刈機、そして乗用トラクターと、次々に農業機械を開発していく。流れ作業生産による低価格を実現したため、それは飛ぶように売れて、生産が追いつかない。宇宙軍の兵器工廠だけでは間に合わないので、外部協力工場に技術移転し増産体制の構築を急ぐ。戦後恐慌のさなかにもかかわらず、局所的に労働力不足が発生していた。

当時の農村では、ほとんど現金収入が無かった。なので、例え小作人を解雇されたとしても、家族の内誰か1人が宇宙軍の工場で働けば、今までよりずっと豊かな生活が送れるようになる。しかも、宇宙軍の求人では、女性でも、男性と同じだけの給与を支給するとあった。農村部から、すさまじい数の応募が来る事になる。こうして農村部からの労働力は、宇宙軍関連の工場と、1921年から始まる大型公共事業によって、かなりの部分を吸収する事が出来たのだ。

そして、化学肥料と農業機械の普及によって、1921年の米の生産高は前年の1・2倍、1

922年は1920年と比べて1・5倍を記録した。

通常、これだけ急激に生産高が増えると値崩れを起こすのだが、タイミング良く、樺太にその生産を吸収するだけの需要が発生するのだ。

第三十一話　ロシア帝国正統政府樹立（1）

1921年1月
「勝巳、摂政殿下からロシア帝国正統政府の皇帝になって欲しいって言われたわ」

摂政から呼ばれ参内していたアナスタシアが帰宅し、有馬勝巳に告げる。

「そ、そうか、それは喜ばしい事だ。これで、赤軍の連中からロシアを取り戻せるね。でも、あ、じゃあ、樺太に行っちゃうんだね…」

日本政府は、北樺太にロシア白軍の勢力や難民を受け入れており、そこに、ロシア帝国正統政府を樹立する事にしていた。もちろんロシア帝国正統政府計画の立案に、有馬も参加していたのでその事は当然知っていたのだ。

「そうね。もう、全部お膳立ては整っているそうよ。来月には樺太に行って戴冠式が行われるの。そして、憲法の公布と施行を私が宣言して、選挙を行うの。女性にも選挙権と被選挙権があるわ。

世界で一番進んだ立憲君主の国になるのよ」

アナスタシアは、ロシア帝国として独立できる事を喜びつつ、その表情は、どこかさみしげであった。

「そ、それでね、勝巳。出来たばかりのロシア帝国正統政府には、強力な後ろ盾が必要だと思うの。もちろん、殿下は協力を惜しまないって言ってくれたわ。安全保障条約も結んでくれるって。でも、その、やっぱり、もっとね、ちゃんとしたものが欲しいの。だ、だからね、勝巳、あ、あ、あなた、私の皇配になりなさい！」　※皇配：女帝の夫の事。

アナスタシアは、顔を真っ赤にして有馬に告げる。

「えっ？」

「えっ？　じゃないわよ！　私に婿入りしなさいって言ってるの！　こ、こ、これは、政略結婚なんだからね。勘違いしないでよ！　あなたの家系は、千年前に天皇家から分かれたんでしょ。ロシア皇帝の配偶者になる資格は充分にあるわ」

「え？　え？　え？」

有馬は顔を真っ赤にして固まってしまった。

「もう！　鈍感ね！　わ、わたしがこんなにも頑張って告白してるのよ！　ぼーと突っ立ってるんじゃないわよ！」

ガバッ！！　有馬は突然アナスタシアを抱きしめる。

この八ヶ月間、有馬家で一緒に生活している内に、有馬にはアナスタシアへの恋心が芽生えていた。しかしそれは叶わぬ思い。アナスタシアはいずれロシア皇帝に即位し、この国を出て行く。自分自身は、摂政殿下をお支えしていかなければならない。だから、この思いを押し殺していた。

※有馬は生まれてから今まで、女性との接点はほぼ皆無だったので免疫がなかった…。

「アナスタシア、いいのかい？　俺なんかじゃ、大した後ろ盾にはならないよ」

「…いいのよ…。勝巳がいいの。ごめんなさい。政略結婚なんて嘘。初めて会った時、命を救ってくれたのに、間抜けな顔なんて言ったりして…」

有馬は、その時の事を思い出す。間抜けな顔と言われたのは、かなりショックだった。

「わたし、ルスランに言われたの。ロシアを救ってくださいって。それまで、国の事なんてどうでも良かった。国を捨てて、どこかにみんなで逃げればって。でも、みんな死んで、逃げてる間も、ものすごいたくさんの人たちが殺されていたわ。だから誓ったの。必ずロシアを救うって。その為には、私は自分の全てを犠牲にするつもりだったの。でもね、勝巳の事が…。私だけ、自分が幸せになっていいのかって…。みんな死んじゃったのに…。だからね、私と一緒にロシアを救って欲しいの」

アナスタシアは、その大きな瞳に涙をいっぱいためながら、有馬を見上げる。――ああ、アナスタシアは俺と同年齢だけど、想像できないほどの過酷な経験をしてきたんだな――

「でも、日本軍はロシアの民衆を殺してしまった。俺は、そんな日本人なんだよ」

「摂政殿下は、それをやった指揮官を処分してくれたわ。それに、赤軍の連中も民衆に武器を渡して、白軍や日本軍に抵抗するようにさせてた。すごく過酷な状況だったのね。殿下は私に直接謝ってくれたの。私は、その謝罪を受け入れた。その話は、それで終わりよ。勝巳と一緒なら、私、どんな事があってもやっていけると思うの。一緒に、おねがい、ロシアを救って！」

「アナスタシア、その願い、俺と一緒に実現しよう」

そう言って、有馬はアナスタシアに口づけをする。こんなシチュエーションの時には、口づけするのが良いという事を、高城蒼龍が書いた（盗作した）小説で学習していた。

「摂政殿下。アナスタシア公女殿下より、皇配になって欲しいと打診されました。私としては、殿下のお許しが頂ければ、受諾したいと思っております」

「それはまことか？　父上の有馬中将は何と申しておる？」

「はい、殿下。父は、殿下のお許しさえ頂ければ、嬉しい事だと申しております。家督については弟の勝利（かつとし）がおりますので、ご安心ください」

「そうか、いや、しかし、それはめでたい。私としても異存はないぞ」

「ありがたき幸せ。日本とロシアの橋渡しとなり、両国の発展に微力ですが全力を尽くしたいと思います」

皇室関係者が、外国人と結婚するには法律の制約があったが、外国の王室と日本人が結婚する事を制限する法律はなかったので、特に政府から反対意見も出ないまま、有馬勝巳とアナスタシアとの結婚は承認された。

1921年2月11日に戴冠式を行い、憲法の公布と施行を宣言、そのまま結婚を発表。そして、戴冠式を行ったロシア正教の教会で結婚式を挙げる事が決まった。これは、有馬とアナスタシアの結婚を妨害しようとする勢力に、その時間を与えないためである。

第三十二話　ロシア帝国正統政府樹立（2）

1921年2月11日

戴冠式は、日本領である樺太の豊原で行われた。2月の厳寒期に、北樺太まで来賓を案内するのは不可能という判断からだ。

アナスタシアの戴冠式には、全世界から多くの政府特使が派遣されたが、元首級の参列は無かった。ロシア皇帝の戴冠式とあれば、本来は元首級か王室の誰かが参加するのだが、実際、ロシア帝国の亡命政府が赤軍を駆逐できるなど、誰も思ってはいなかったので、とりあえず、そこそこの高官を派遣したという所だろう。

例外として、イギリスは皇太子であるエドワード王子が、日本からは皇太子摂政宮が参列した。

アナスタシアが、イギリスのビクトリア女王のひ孫にあたるためだ。

新聞記者も渡航費用をロシアが負担すると発表し、出来るだけ多くの国から来てもらっている。

もちろん、赤軍から来ているのは、外交官ではなく非難声明だ。

ロシア正教の司祭が、王冠をゆっくりとアナスタシアの頭にかぶせる。聖ワシリイ大聖堂には遠く及ばないが、日本の協力によって急遽改築された聖堂にて、厳かに執り行われた。

「美しい…」
王冠をかぶり、白と赤を基調としたローブ、そしてロッドを携えてアナスタシアは参列者の前に立つ。その凛々しく、美しいアナスタシアの姿に、会場に居る全ての人たちがこころを奪われた。ローブは日本産の絹糸を使用し、西陣織の技法で仕上げた特一級品だ。

戴冠式の後、各国からの来賓一人一人に挨拶をしていく。ロシア皇帝が王族でもない外交官の来賓一人一人に挨拶をするのは、異例中の異例だ。それだけ、アナスタシアがこの戴冠式を外交の場と考えている証左である。

そして、すぐに憲法の公布と即日施行が宣言された。議会の審議を経ていない欽定憲法だが、当時としては特におかしな事ではなかった。そして、皆、その憲法の民主的な内容に驚く。

1．基本的人権の尊重
2．表現の自由
3．三権の分立
4．法の下の平等（性別や門地や人種によって差別されない。貴族制は残すが、名誉称号であり特権は無い）
5．兵役・勤労・納税・教育を受けさせる義務

6．皇帝の権限は、内閣の補弼によって行使される事を明記
7．憲法の改正には、議会定員の60％以上と、国民投票にて有効投票の半数以上の同意が必要

大日本帝国憲法ではなく、日本国憲法を参考にした内容だ。だが戦力の不保持などは、当然入れていない。

憲法の策定に当たって貴族たちの抵抗が多少あったが、日本の後ろ盾が無いと、どちらにしても貴族は復権できないどころか、最悪赤軍に逮捕されて銃殺の憂き目に遭う事を説明し、個人資産の没収などは行わない事を条件に同意させた。

そして、さらに驚くべき発表がされる。

「アナスタシア皇帝陛下は、日本国侯爵、有馬勝巳を皇配とする事にされた。有馬侯爵は、村上天皇の血統を継ぐ由緒正しき家柄であり、これにより、ロシア皇帝と大日本帝国天皇は、永遠の共存共栄を約束された」　※有馬家は本来子爵だが、アナスタシアとの結婚のため、勝巳を独立させ侯爵位に陞爵させた。

そして有馬勝巳が登壇する。有馬は身長が１７０センチメートルあり、当時の西洋人と比較しても見劣りはしなかったが、ここはあえて7センチのシークレットブーツでさらに底上げしている。そして、司祭から祝福され、２人の結婚が世界中に発信された。

「ロシア革命によって赤軍に逮捕され、虜囚として辛い日々を送っていました。でも、3人の姉やアレクセイ、そして、皇帝皇后と一緒に居るだけで小さな幸せを感じていました。しかし、赤軍は、秘密裏に私たちを処刑しようとしたのです。私以外の家族は、無残にもエカテリンブルクにおいて、赤軍によって射殺されました。すんでのところで白軍に救助された私は、侍従のルバノフと2人で、ニコラエフスクまで逃げてきたのです」

アナスタシアは、大粒の涙を止めどなく流す。しかし、その決意に満ちた顔は凜々しく前を向き、外交官や新聞記者たちをまっすぐに見ている。

「そして、赤軍の追っ手はニコラエフスクにまで迫りました。ルバノフは赤軍との銃撃戦の末、そこで命を落としてしまいます。赤軍は私に銃を突きつけ、今まさに引き金を引こうとしたところに、有馬侯爵が助けに来てくれたのです。今、私の命があるのは、有馬侯爵のおかげです。前皇帝のニコライ二世は、名君とは言い難かったと思います。しかし今、赤軍がしている事は、さらに悲惨な事を民衆に強いています。逃亡している間、様々な場所で、赤軍による略奪や虐殺、そしておびただしい餓死者を目撃しました。ロシア国民を救うには、皆さんの、世界の助けが必要です。どうか、お力を貸してください」

そう言って、アナスタシアは深々と頭を下げる。

会場からは、「パチパチ」と少しずつ拍手が始まり、そして、会場全てを包むオベーションになった。

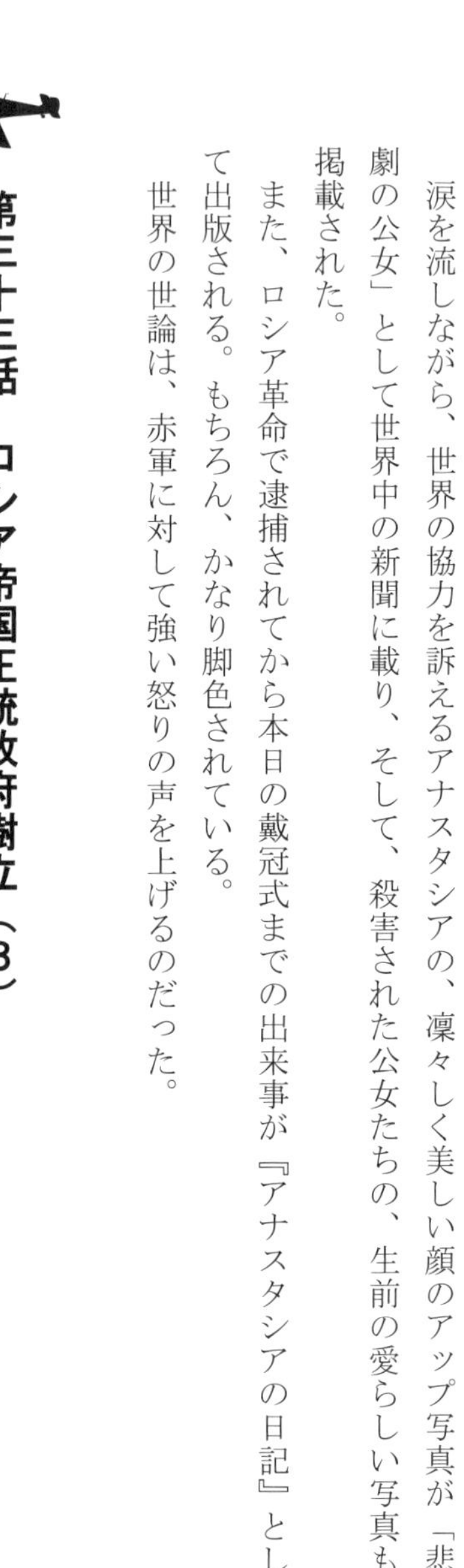

涙を流しながら、世界の協力を訴えるアナスタシアの、凛々しく美しい顔のアップ写真が「悲劇の公女」として世界中の新聞に載り、そして、殺害された公女たちの、生前の愛らしい写真も掲載された。

また、ロシア革命で逮捕されてから本日の戴冠式までの出来事が『アナスタシアの日記』として出版される。もちろん、かなり脚色されている。

世界の世論は、赤軍に対して強い怒りの声を上げるのだった。

第三十三話　ロシア帝国正統政府樹立（3）

1921年5月

ロシア帝国正統政府を全世界に承認させるためには、ロシア帝国が各国と交わしていた条約と債務の継承が重要になる。特に、多額の債務については、赤軍革命政府は継承しない（踏み倒す）事を正式に発表していたので、列強からの強い反発を買っていた。

「露日国境条約、および、露日安全保障条約の批准が可決されました」

ロシア帝国議会総選挙後、初めての議会で日本との二つの条約が批准された。

「日露国境条約」そして「日露安全保障条約」だ。

日露国境条約では、ロシア帝国が持っていた対外債務を全て日本が引き取る事と、日露安全保障条約の批准と実行を条件に、北樺太を除く東経68度以東（シベリアのほぼ全て）を日本に割譲するというものだ。領土の割譲に反発する議員も多かったが、既にロシアの領土のほとんどは、革命政府の手中に落ちており、ロシア単独で取り返すのは不可能だった事と、対外債務の返済など、どう逆立ちしても不可能であったため、何とか批准された。これによりシベリアは日本領となったため、日本は革命政府に対してシベリアからの撤収を要求する。

そして、イギリス・フランス・アメリカやその他の国に対し、ロシアに持っていた債権や権益を、日本がロシアに代わって弁済する事を条件に、ロシア帝国正統政府の承認と日本のシベリア領有を認めるよう交渉した。欧州大戦で疲弊していたイギリスとフランスは、基本的に日本の条件を飲んだ。しかし、アメリカはロシアに対して債権を持ってはいたが、それ以上に、シベリアでの権益の方が魅力的で有り、それを日本が独占する事に強い難色を示した。

それに対して日本は、１８６７年にアメリカが、アラスカをロシアから購入した事を例に出してそれと同じ商取引だと主張し、さらに、シベリアでアメリカの権益を認めるなら、代わりにアラスカで油田探索と採掘の権利を日本に認めるよう迫る。

さすがに、アラスカにおいて日本の権益を認めたくないアメリカは、シベリア鉄道の株式会社化と、その発行株式の49％を米国が買い取り、かつ、シベリアにおいて、アメリカ企業の活動に最恵国待遇相当の保証をするという案を提示した。

もちろん、それはシベリアから赤軍を駆逐した後の事になるので、ほとんど空手形に等しいのだが、これで何とかアメリカ世論を抑えるようだ。

こうして、アメリカの賛同も得る事ができ、ロシア帝国正統政府は世界列強の承認を得る事が出来た。

そして日本は、ロシアに対して30年間、樺太に住むロシア国民１人あたり年間１２０キログラムの、米もしくは小麦を供与する事と引き替えに、北樺太にあるオハとオホーツク海での油田採掘権を入手したのだ。採掘された原油に対して、30％の税金をかける事が認められたため、ロシアも利益を得る事が出来る。


日露安全保障条約では、ロシア帝国正統政府が実効支配している領域が、他国もしくは何らかの武装集団によって脅かされた場合、日本は防衛の義務を負うという片務的な条約だ。そして、１９４５年までに、日露共同で革命勢力を駆逐し、東経68度以西の旧ロシア領土を取り戻す事が明記された。これが実現出来ない場合は、シベリアをロシアに返還する事も定められた。ただし、白ロシア、ウクライナ、バルト三国等の東ヨーロッパと、カザフ、ジョージア、アゼルバイジャン、ウズベク他の中央アジアの国々の独立はいずれにしても認める事になった。ただし、現時点では、全て赤軍が支配している。

　これにより、ロシア帝国正統政府は世界からの承認と、安全の両方を手に入れる事が出来たのだ。そして、ロシアはすぐに自立のための施策を講じていく。

○2千トン以上の登録船舶の無税化
　21世紀の海運業界においては、パナマ船籍やリベリア船籍の船が多い。それは、船の登録国によって税金が違うためだ。船主はできるだけ節税したいので、税金の安い国で登録を行う。

　ロシア帝国正統政府は、登録船舶に対して、2年に1回登録更新のための北樺太への寄港と、指定するロシアの船舶保険に加入する事を条件に、2千トン以上の船舶の無税化を発表した。

　これにより、世界の船舶の15％（総トン数ベース）がロシア船籍となった。

○タックスヘイブンの実施
　国際企業の本社や、資産家の住所を北樺太に置き、一定の条件を満たす事によって、法人税や個人所得税をほぼ無税にする施策を実施した。ただし、ロシア人と日本人は対象外となる。これは、同じロシア人で、裕福な人ほど無税になる事と、日本人の富裕層がタックスヘイブンを利用する事で、日本の税収が下がる事を避けるためだ。

　一定の条件とは以下の通りである。

・ロシア政府が指定するドル、もしくはポンドをロシア銀行に預け入れする事。
・ロシア銀行を通して指定された金額以上、国際送金で受け入れ送金をする事。

○ロシア銀行口座の完全秘密化
ロシア銀行の口座情報は、なんびとからの問い合わせに対しても公開しないと発表。これは、スイス銀行が長年実施してきた施策である。マネーロンダリングや脱税に使われるが、その分、ロシア銀行の当座預金残高は増加する。

○ロシア銀行口座の完全保護
万が一、ロシア帝国正統政府が赤軍に占領されたり、なんらかの要因で破綻した場合、ロシア銀行の預金は全額日本政府が保証すると発表された。もちろん、日本はロシア銀行からその保険料をもらう。そして、その保険は、ロイズ保険組合等を通して、国際保険シンジケートに再保険を分散させる仕組みを構築した。これにより顧客の資産は完全に保証される事となり、さらに資金の流入が加速した。

これらの施策により、世界中から不透明な資金が大量に流入する事になるが、ロシア国民の多くは、金融関係の職を得る事が出来た。そしてその資金は、宇宙軍がアメリカとヨーロッパに設立した会社を通して、世界に影響力を示していく事になる。

しかし、「日露国境条約」と「日露安全保障条約」の締結によって、日本国内で思わぬ事件が起きた。

「シベリアを取り戻せー！」

「ボリシェヴィキ（革命政府）を叩き出せ！」

野党議員や国家主義者らが中心になって、抗議運動が起きたのだ。

彼らの主張は、シベリアの領有は実質形だけのもので、日本が一方的にロシアの債務を肩代わりするのは国民に対する背信行為だととらえ、政府はすぐにシベリアに軍隊を送って、ボリシェヴィキを追い出せというものだ。

戦後恐慌によって、失業者が増大していた時期と重なった事も有り、民衆の不満は政府に向けられた。その集会は徐々に過激になり、第二次日比谷焼打事件へと発展してしまう。

また、今回の集会には、女性の政治参加実現を目指す団体も加わっていた。日本はロシアの女帝即位を歓迎しているにもかかわらず、国内では「治安警察法」によって、女性の政治集会への参加や政治運動が禁止されていたため、その不合理を追求したのだ。

また、国際連盟設立の際、日本は人種差別撤廃を訴えたのに、国内で女性を差別している事もやり玉に挙げられた。人種差別はだめで、女性差別は良いのかと。

この女性団体は、最初の抗議集会には参加したが、暴動へは関わっていない。それにもかかわらず「女に政治参加させたら、もっと暴動が起きる」といった主張がされてしまう。今回暴動を主導したのが、全て男であったにもかかわらずである。


――――


「ねえ、日本人ってバカなの？　暴れて火を付けるなんて、どこの原始人？　それに女性差別って、ほんと呆れちゃうわ！」

「そんな風に言うなよ、リリエル。俺たちのいた21世紀じゃないんだから。この時代は暴動もよく起こってたし、女性差別は日本だけじゃないしね。それに、実際騒ぎを起こしたりするのは、ノイジーマイノリティってやつだよ。そういう連中って、5chにもたくさん居ただろ。実際には少数なのに、コピペの連投とかで、あたかも自分たちの意見が主流であるかのように見せかけるってやつ。左と右の両極端がそうだったりするよね。自分が不遇なのを誰かのせいにしたがる人。そういう連中って、常に自分が被害者だと思ってるんだよね」

「そうよねー。そういう所って、ほんと未熟よね、人間って。寿命が短いから仕方がないのかしら？」

「天使には、嫉みとかは無いの？」

「どうかなぁ。嫉みじゃないけど、堕天する事はあるのよね。天使のエネルギーってすごく膨大なの。そのエネルギーは常に凝縮しようとしてるんだけど、天使の中心にあるコアによって、支えられてるわ。そのコアは神様のターミナルって言われてるんだけど、神様の祝福を疑っちゃうとね、コアの支えが弱くなっちゃって、天使の持つエネルギーが内側に落ち込んじゃうの。するとね、光のエネルギーの爆縮が起きちゃって、属性が反転するのね。そうなると、堕天使になって悪魔になっちゃうのよ」
「へえ、堕天ってそんなメカニズムなんだ。その代表格がルシフェルって事？」
「そうなのよ。前に言った時間を操作する魔法陣を研究してた天使って、ルシフェル様の事なの。黒い髪でどことなく陰があって素敵だったわぁ。なんかね、その研究で、新しい発見があったみたいなんだけど、その内容を誰にも言わないまま、堕天しちゃったのよね」

――――

この第二次日比谷焼打事件で、陸軍の兵卒と将校数名が逮捕された。全員、シベリア出兵から帰還した者たちであった。

第三十四話　アメリカンドリーム（１）

「あれが自由の女神か」宇宙軍池田中尉は船でサンフランシスコに到着した後、大陸横断鉄道でニューヨークに移動した。

１９１９年８月　ニューヨーク

「こんにちは、外務省の潮田太司です」

「同じく、外務省の篠原元です」

「初めまして。宇宙軍の池田政信です。これから、よろしくお願いします」

池田は、ニューヨークに商会を立ち上げるにあたって、外務省から２人、出向を依頼していた。

この３人で商会を立ち上げ、様々なビジネスを展開していく。

「池田さん、いや、池田社長ですね。指示の通り、商会の登記は完了しています。それでは、事務所にご案内します」

商会の名前は「Sun & Son Company」通称「サンソン」だ。

事務所に着いた後、池田はデスクや書棚を確認して２人に告げた。

「それでは、みんなでパンを買いに行きましょう」

「えっ？　パン…ですか？」潮田と篠原は、池田の言葉にきょとんとする。

３人でパンを買えるだけ買うと、そのまま路上生活者たちが多く住む地域に向かう。

当時のニューヨークには、アメリカ中から職を求めて労働者が集まっており、活気にあふれていた。その反面、失業した者や体を壊した者たちが路上生活をする、板を貼り合わせただけの小屋も目立っていた。

「はい、パンをひとつどうぞ」

池田たちは、路上生活者たちにパンを配る。

「私たちは日本から来ました。日露戦争の講和では、アメリカに大変お世話になったので、こうして恩返しをしているのです。ご主人はどこから来られたのですか？」

「ありがとな。おれは、オレゴン出身だ。農夫をしてたんだが、農場主が導入したトラクターに手を挟まれてな、仕事が出来なくなったから解雇されたんだ。で、１人でニューヨークに来てみたが、こんな左手じゃ、誰も雇ってくれないぜ」

こうして毎日パンを配り、路上生活者達と話をする事を続ける。話の内容は身の上話ばかりだ。潮田と篠原は、この事の意味が全くわからなかったが、社長からの指示なので、文句も言わず従っていた。

そして一ヶ月くらい経過したある日。

「こんにちは、リチャードさん」

「………」

40才くらいで、体調の悪かったリチャードの小屋をノックするが返事が無い。池田は小屋の入り口に立てかけてある板を、少しだけずらした。

そこには仰向けに寝て、大きく口を開けたまま息をしていないリチャードがいた。

路上生活者が死亡するのは珍しくない。池田たちも、パンを配り始めて死体とご対面したのは3回目だ。

「これは、ただのしかばねのようですね」

「警察に連絡しましょうか？」潮田が池田に問いかけた。

「いや、このままそっとしておきましょう。彼が死んでいる事を誰にも気取られないように、この場を離れます」

池田の言葉を、潮田と篠原は訝しく思う。


そして、その日の深夜。

3人はリチャードの小屋に行き、周りの路上生活者に気づかれないよう、死体を運び出す。そして、必要な物を入手した後、その死体をコンクリートで固めて海に捨てた。

名前はリチャード・テイラー。彼はアイオワ出身でアメリカ国籍を持つ。両親はイギリスからの移民で既に他界し、兄弟もおらず天涯孤独だった。そして、池田は彼がアイオワで生まれた事を証明できる、出生証明書を持っている事を聞き出していたのだ。

死体を処分した数日後、リチャードを社長とする会社を登記した。

社名は「Richard Investment（リチャード・インベストメント）」だ。

本社は、池田が設立した「サンソン」の隣の部屋を借りた。そして電話を1回線引き込む。床に電話機が無造作に置かれただけの、誰も居ない部屋だ。その電話機につながる電話線は途中で分岐しており、隣の「サンソン」で受ける事が出来るようにしていた。

池田は早速「リチャード・インベストメント」の活動を開始する。

それまでに入手していたNY株式市場のデータを、ボリンジャーバンドやMACD曲線、パラボリック、ストキャスティクスなどの、20世紀後半に開発された指標を使って分析をしていた。

「プロクターカンパニー株を2千、成り行きで買いだ。それと、マカダス商会株1500成り行きで売りだ」

この証券会社には、毎日10回程度、リチャード・インベストメントから売買の注文が入る。最初は小口だったが、数ヶ月もすると、この証券会社で一番の取引額になった。しかも、その注文は的確で確実に利益を出している。

当時の株式の分析は、せいぜいローソク足と移動平均線による分析が関の山だった。現時点から世界恐慌の発端となるブラックサーズデイまで株価が上がり続けると解っていても、個別銘柄については、上下を繰り返しながら上昇をしていく。池田は、その株価の動きを的確に予測し、上昇局面でも下降局面でも、確実に利益を出す事に成功した。

そして、この証券会社は気づく。「リチャード・インベストメントの注文と同じ注文をすれば、株の自社取引で大もうけが出来るのではないか？」

この証券会社が自社取引で高い利益を出している事は、すぐにウォール街で有名になり、他の証券会社や投資家たちが、この証券会社が買いを入れれば同じ銘柄を買い、売りを出せば同じ銘柄を売るようになった。

リチャード・インベストメントが、ある会社の株を買えば、市場はその会社の株が値上がりすると思い、皆、買いを入れるので値上がりする。売れば、皆が売りを入れるようになるので値下がりするようになった。つまり池田は、株を買って売れば必ず儲かり、株を売って買い戻せば必ず儲かるのだ。池田は水を得た魚のように、マネーゲームを繰り広げていく。

第三十五話　アメリカンドリーム（2）

１９２０年７月
リチャード・インベストメントの第一期の決算が終了した。

「えぇっと…、この数字、合ってますかね？」

「あってると思うんだけど…」

潮田と篠原は、リチャード・インベストメントの決算報告書を見ながら、青ざめている。活動を開始してから、まだ1年に満たない。それにもかかわらず、
・資産　１６００万ドル　・利益　８万ドル
資産＝利益ではないが、全部売り払えば、負債を清算してもかなりの金額が残る。もちろん、その時点で利益が確定し、多額の税金を払うのだが。

１６００万ドルは、当時の日本円にすると約４千万円程度の価値だ。１９２０年に竣工した戦艦長門の建造費が４４００万円と言われているので、１年足らずで戦艦長門と同程度の資産を形成した事になる。

そして、保有する株式を担保に銀行から融資を引き出し、ニューヨークで土地を次々に購入していく。さらに、購入した土地の一角に高層ビル建築の計画を発表する。そうすれば、すぐ隣に

保有している土地の価格は爆上がりだ。池田は、そうやって土地転がしを続け、ニューヨークの地価をどんどん上げていくのであった。

1921年7月

リチャード・インベストメントの第二期の決算が終了した。

「ええっと…、この数字、合ってますかね？」

「1年前にも、同じような事言わなかった？」

潮田と篠原は、リチャード・インベストメントの決算報告書を見ながら、今年も青ざめている。

・資産　2億1千万ドル（グループ総計）　・利益　28万ドル（グループ総計）

2億1千万ドルは、日本円にすると5億4600万円ほどになる。これは、日本の国家予算の36％に相当する金額だ。

この1年間でダミー会社を20社程度設立し、資本関係を複雑にしたり、資産や利益の分散を行う事によって、リチャード・インベストメント単体としては、目立たないようにしている。

さらにこの頃から、ロシア銀行に集まってきた不透明な資金が、リチャード・インベストメントに大量に流入するようになる。その資金を元に、池田は企業買収も進めていく。そして、企業価値が上昇すれば売却し、すさまじい売却利益を叩き出していった。

そして池田はリチャードとして、ニューヨーク市の市長や有力議員、上院下院の有力議員や大統領へ多額の献金を行う。
資本主義とは便利なシステムだ。〝資本〟があれば、たいていの事には目をつむってくれる。

1922年7月
リチャード・インベストメントの第三期の決算が終了した。
「ええっと…、この数字…」
「すごいな。どうやったらこんな事が出来るんだ？」
・資産　8億5千万ドル（グループ総計）・利益　42万ドル（グループ総計）
8億5千万ドルは、日本円にすると20億8千万円ほどになる。1922年の日本の国家予算（歳出）が14億円程度なので、3年目にして、日本の国家予算以上の資産を形成する事に成功した。
※ちなみに満州鉄道は、資本金だけで日本の国家予算の50％近くにおよび、鉄道沿線の〝付属地〟や鉱山、工場、ホテルなどを含めると、その総資産は日本の国家予算を超えていたという研究もある。この時点で池田は、日本の国家予算以上の資産を手に入れたと言えるが、逆に満州鉄道一社分の資産でしかないとも言える

リチャード・インベストメントは、ニューヨーク・ロサンゼルス・シカゴ・ダラス・ヒューストンに支店を増やし、アメリカ人従業員を2千人ほど雇用していた。

そして、この年にはロンドン・パリ・ベルリン・シドニーと東京、そしてロシア（北樺太）に支社を設立した。

また、グループ会社も30社に増えており、グループ総計で1万6千人の従業員を抱えている。もちろんグループ会社同士でも、相手がグループであるという事は巧妙に隠し、その事は、各社の幹部の一部しか知らない。そしてその幹部も、リチャードの素顔を知る者はいない。

さらに、リチャード・インベストメントはオーストラリアの鉱山開発に乗り出す。まずは、多くのボーキサイト（アルミの原料）鉱山の権利を購入していった。当時、欧州大戦が終了し、アルミの値段は下降傾向にあり、あまり開発の進んでいなかったオーストラリアのボーキサイト鉱山は安値で手に入れる事が出来た。

そして、大規模なバケットホイールエクスカベーター（露天掘りをする重機）を導入し、採掘を始める。掘り出した鉱石は、上海やロンドン、ロシア、パリにある商社を通して、世界各地に売られていくように見せかけた。しかし、その裏では全て日本に送られるのである。

鉱石は、精製するまで露天に野積みをしていれば良い。傷んだり腐ったりしないので、長期の保管も問題ない。

こうして、第二次世界大戦に向けて資源の備蓄を進めていくのだった。

こうした経済活動とは別に、リチャード・インベストメントはアメリカ各地に孤児院を設立した。不遇な子供たちを集めて、食事と教育を与えていく。

ろうそくの炎が揺らめく薄暗い聖堂で、修道女風の教師は子供たちを前に話をする。

子供たちは、一人一人火の付いたろうそくを持って、修道女を見つめる。その瞳は、何か遠くを見るようで、うつろな印象を受ける。

「リチャード様は、あなたたちの未来を作るために、全てを犠牲にして働きました。そして、経済的に成功し、彼のミッションだった孤児院を作ったのです。あなたたちは親にも、国にも、神にさえ見捨てられました。しかし、リチャード様は、あなたたちを救ったのです。あなたたちの笑顔こそ、リチャード様の生きる目的なのです。あなたたちを見捨てた神にかわって、リチャード様は我々の神になられるお方です。私たちは全てをリチャード様に捧げましょう。この世界に、リチャード様の王道楽土を作るために」

その胸にはロザリオではなく、文字の掘られた大きめのペンダントが見える。

「Mr. Richard wants to fill you with love.」

※訳：リチャード様の望みは、あなたたちを愛で満たす事です

孤児達には、姿を見せる事のない Mr. リチャードへの忠誠心を育成していく。そして、彼らは育ち、その一部は国の官僚や軍人になって情報収集をする。自分たちを見捨てた国家（アメリカ）に復讐するべく、自分たちを救ってくれたリチャードへ恩返しをするべく、活動するのであった。

――――

「リチャード・テイラーについて、何か解ったか？」

「アイオワ出身で、６年前までデトロイトの自動車工場で働いていたが、体を壊して退職。その後は、ニューヨークで路上生活をしていた。それ以上の事は不明だ」

「路上生活者がたった数年で、世界有数の資産家か？　そんな馬鹿な事があるか！」

「とにかく調べろ！　税務調査を入れてもかまわん。我々の管理下にない巨大資本があってたまるか！」

円卓を囲んだ12人の老人達。彼らは十二賢者と呼ばれる。

池田はまだ、彼らの存在を知らない。

第三十六話　栄光のマン島（1）

パ――――ン、パパ――――ン

甲高い２ストエンジンの音をこだまさせながら、一台のバイクが最終コーナーを抜けて帰って来た。２ストロークV型２気筒３５０ccエンジン、その排気量から１１５馬力を絞り出すモンスターマシンだ。

　フレームは、50ミリメートルの高張力鋼パイプをメインに、一部20ミリメートルパイプでトラス構造に組み上げた、ダブルクレードルタイプを採用している。リアサスは、浮動型リンク機構を取り入れたモノサスだ。

　ＦＲＰで製作されたフルカウルは、２０２５年ごろの１千ccスーパースポーツを彷彿とさせるスタイルに仕上がっている。

　ピットに帰ってきたマシンは、停止板にフロントタイヤを軽くぶつけて停止した。ピットクルーたちはマシンに駆け寄り、リアサスアームにスタンドを差し込む。そして、ライダーが下車した事を確認して、スタンドアップした。

　ライダーは「ふう」と息を吐きながらカーボンＦＲＰ製のヘルメットを脱ぐ。汗に濡れて額や頬に張り付いている黒く長い髪を、頭を振ってふりほどいた。

「リアショックはもう少し固めがいいわね。リアの滑り出しが速い気がする。フロントはいい感じだわ。エンジンは9千回転くらいまで下がると、ちょっとかぶり気味かもね。回転の上昇にもたつきがあるの。メインジェットの番数を一つ落としてみて。あと、ブレーキパッドも、もうちょっと低温寄りの方がいいかもね。あ、それと、グリップを3ミリ下げてもらえる？」

　それを、宇宙軍兵学校技術士官課程の生徒が書き留めて、すぐにセッティングを見直す。

　ライダーの安馬野和美（あまのかずみ）はチェアに座って、ライダー専用に調整された電解補水液を飲みながら、ラップタイムのリザルトをチェックした。

ラップタイムを見る眼差しは鋭く、とても16歳の少女とは思えない貫禄を漂わせている。

「どうだ？　安馬野。マシンの仕上がりは？」

高城蒼龍はレイバンのサングラスをかけ、松葉杖をつきながら近づき、安馬野に話しかけた。

「いい感じに仕上がってるわね。上も良く回るようになってきたわ。タイヤも今度の新型タイプは良くトラクションがかかってる。これなら、充分に戦えるわ」

安馬野はなぜか偉そうだった。


宇宙軍幼年学校と兵学校では、将来のパイロットを養成するために、早いうちからミニバイクとゴーカートを授業に取り入れていた。小さい頃からバイクや車の操縦を経験させて、その中から才能のありそうな生徒を、パイロット養成課程に進ませるのだ。

また職業婦人として、バスの運転手などの育成も進めている。

そんな中でも、この安馬野和美の才能は際立っていた。分厚い革で出来たライダースーツの膝と肘に付けたバンクセンサーは、路面との接触で表面がすり切れてしまっている。彼女のライディングは、まさに鬼気迫る物があった。

1924年　イギリス　マン島

日本チームは、ここマン島で開かれる「マン島TT　500ccシニアクラスレース」に参加するために、イギリスを訪れていた。　※2ストロークエンジンは排気量が0・7倍制限なので、350ccが上限となる。

高城は多忙のため帯同は見送ったが、高城がいなくても充分に戦えるだけの実力を身に付けていた。「富士号」と名付けられた3台のマシンが、馬車の荷台から下ろされ、そしてピットまで押されていく。今回は2台エントリーで、1台は予備だ。日本チームは、ライダー2人とメカニック他の総勢45名と大所帯になっている。

他の参加チームの面々は、驚きを持って日本チームを見つめていた。

「なんだ、あのマシンは？」

「排気管が途中で風船のように膨らんでいる。あんな設計で排気効率が良いわけない」

「すごい風防だな。あんなに装備していたら、重くなりすぎるんじゃないか？」

「おい、タイヤの太さを見てみろ。俺たちの3倍はあるぞ。それに、ホイールのスポークが変だ。一体鋳造なのか？」

「あれは、ブレーキなのか？　円盤を挟み込むような構造になってるな」

当時のマン島レースは、一部未舗装区間が残されていたので、タイヤはレインタイヤのように溝がある。

車検が終わり、バイクがピットに帰ってきた。エンジンをかけて最終調整をする。

パーーーーン！　パーーーーーーーン！

自分たちの知っているエンジン音とは明らかに違う、甲高い爆音が聞こえてきた。

「な、なんだ!?　あの音は？　２ストにしても、甲高すぎる。本当にガソリンエンジンなのか？」

そして２人のライダーが、革のライダースーツを着てテントから出てくる。ファーストライダーの安馬野和美とセカンドライダーの高矢紀子（たかやのりこ）だ。ライダースーツは体に密着するように調整されていて、誰が見てもその２人は女性の体型である事がすぐに解った。

「ごくっ」それを見ていた白人の男達は、皆生唾を飲み込んだ。

「ハーイ、ゲイシャガール！　君たちが乗るのかい？　危険なライダーを女にさせて、日本の男どもはみんなチキンなんだね！」

背の高い細身のイギリス人の男が英語で話しかけてきた。もみあげも長い。

安馬野は、マン島ＴＴ参加が決まってから、英語を話せるように寝る間を惜しんで勉強していた。

「こんにちは、かわいらしいpecker（キツツキ）さん。私たちのチームには、男だから女だからって差別する事は無いの。彼らはメカのプロフェッショナルよ。モヤシのようなあなたのcock(雄鶏)とは違うの。今すぐお家に帰って、ママのおっぱいでも吸ってた方がいいわね。このマザーファック野郎」
※（訳）「こんにちは、かわいらしいチ○ポさん。私たちのチームには、男だから女だからって

差別する事は無いの。彼らはメカのプロフェッショナルよ。モヤシのようなあなたのチン○とは違うの。今すぐお家に帰って、ママのおっぱいでも吸ってた方がいいわね。このマザーファック野郎」

安馬野は、なぜかスラングだけは、高城からたたき込まれていたのだ。

「こ、こ、このくそ女ぁぁぁぁぁぁぁ！」

「やめろ！　ジョンソン！　こんなところで騒ぎを起こすな！」チームメイトが制止する。

「あら、あなた、Johnson（ジョンソン）って言うの？　あーはっはっは…。日本にはね、名は体を表すって言葉があるの。ほんと、あなたは名前の通りね。細い細い Johnson さん」

「レースでは覚えてろよ！　絶対お前ら殺してやる！」　※Johnson はスラングでチン○の意味。

「あら、威勢だけはいいのね。そうね、特別サービスで私のおしりだけ見せてあげるから、それで右手を恋人にでもしてなさい」

安馬野のスラングと嫌みは、超一流だった。

第三十七話　栄光のマン島（2）

スタートの時間が来る。前日の予選では安全優先でゆっくり走ったため、決勝では中盤でのスタートとなった。予選タイムも僅差のため、富士号1号車と2号車は隣同士でのスタートだ。
※マン島TTは、2台ずつ10秒間隔でスタートをするタイムトライアル方式
そしてスタート。各マシン達は咆吼を上げて走り出す。日本チームのスタートの番が来る。

「行くわよ！」

「はい！　お姉様！」

パアアアアアアアアアアアアアアアアアアアアア――――――――ン！

日本チームの2台はアクセルを開け、1万2千回転でクラッチをつなぐ。リアタイヤは、その凶悪なトルクを受け止めきる事が出来ず、一瞬ホイルスピンを起こすが、すぐにグリップを取り戻して動き出す。マシンはすさまじい爆音と共に走り出した。

日本チームのスタートを見守っていたオフィシャルや観客は、地獄の釜が割れたのではないかと思えるほどの爆音に腰を抜かす。ある者は欧州大戦での砲撃を思い出し、耳を押さえて地面にうずくまって失禁している。泡を吹いて気を失っている者もいる。そこは、まさに阿鼻叫喚の地獄絵図となっていた。

マシンは走り出したというよりは、何かに弾き出されたという表現が正しい。そのフロントタイヤは加速で宙に浮いており、ウイリー状態だ。こんなスタートを切るマシンなど、全世界の誰も見た事はない。

1速から2速、そして3速へシフトアップしていく。シフトアップの一瞬エンジンパワーの伝達が途切れるので、フロントタイヤが少しだけ下がる。しかし、タイヤが地面に接触する前にシフトアップが終わり、再度フロントタイヤを持ち上げながら加速をしていく。

マシンは、スタートから3・5秒で100㎞／h、9秒で200㎞／h に達した。

スタートラインから数百メートルの沿道。そこで観戦していた観客の目の前2メートルの所を、2台のマシンが爆音とともに250㎞／h で通過していく。彼らにとって、それは今まで経験した事のない衝撃となって襲ってきた。何人もの観客がショックのあまり気を失い、本来ライダーが事故を起こした時に対応するはずの医者や看護婦達が、観客の手当に奔走する事になった。

アスファルト舗装区間の高速コーナーでは、膝をこするくらいバンクさせた2台のマシンが、時速200キロメートル近い速度で疾走する。そして次のコーナーに向けて着座位置を内側にずらしハングオンをする。追走するライダーがいれば、その動作は何ともセクシーに映っただろうが、残念ながら、彼女らについて行ける者は誰1人としていなかった。

ある観客の老人は、先行するバイクを抜き去っていくその姿は、まるで魂を刈り取る死神か、荒野を駆け抜けていく悪魔の竜騎兵のようであったと新聞の取材に答えている。

マン島の直線は長い。ポールポジションを獲得していたジョンソンのマシンは、最高速度の時速１７０キロメートルで疾走している。

「ふふふ、トップは俺の物だ！」

……パ――――――ン！……後ろの方から、甲高いエギゾーストノートが聞こえてきた。この音は、ピットで聞いた日本チームのエンジン音だ。

「なんだと？　追いついてくるのか？」

音はみるみる近づいてくる。そして、
パァァァァァァァァァァァァァァ――――ンンウオオオォォォ――――

ドップラー効果によって、近づいてくる音は甲高く、遠ざかる音は低く聞こえる。

この時、日本チーム富士号の速度は時速２８０キロメートル。その速度は、当時のどんな航空機よりも速い。まさに瞬殺であった。

レースは終了し、当然のごとく、日本チームがワンツーフィニッシュを決めた。レース運営では、計測されたコースタイムを見て大騒ぎとなっている。

「なんだと！　平均速度が１９０㎞／ｈ？　直線では２８０㎞／ｈ出ていただと？」

「三位の２倍以上の平均速度だ」

「不正だ！　排気量をごまかしてる！」

不正があったのではないかという抗議を受けて、運営によってエンジンが分解される事になった。しかし、例え排気量を２倍にしたとしても、当時の技術で２８０㎞／ｈなど不可能だ。

「水冷エンジンなのか？　これだけコンパクトにまとめるなんて、なんて技術だ」

「回転計を見てみろよ。１万４千回転まで刻んである。マジかよ？」

「タイヤが、溶けてる。タイヤって、こんな感じに溶ける物なのか？」

「ブレーキを油圧で動かしているのか。それに、至る所にアルミパーツを使っている」

皆、驚きを持って興味津々にマシンをのぞき見る。シリンダーヘッドが外され、ボアとストロークが計測される。１気筒あたり、１７４㏄（２気筒で３４８㏄）と、レギュレーションに収まっていた。

「何でだよ！　この排気量で、なんであんなにパワーが出るんだよ！」

ジョンソンが大声を上げる。

「そうね。『レースは走る実験室だって、ソーイチローが言ってた』と上官が言ってたわ。飽くなき探求の成果かしらね」

そして日本チームは、多くのモータースポーツ好きの貴族のパーティーに招待され、安馬野と高矢は、貴族の次男三男らから求婚されるのであった。

第三十八話　ワシントン海軍軍縮会議（１）

１９２１年11月〜翌年２月

欧州大戦が終わり、膨張していた列強の軍事力を縮小させるための会議が、アメリカの呼びかけによって開かれた。通称「ワシントン海軍軍縮会議」だ。

史実では、この時締結された軍縮条約によって、日本の主力艦保有が英米の60％までと制限され、国内で少なからず反発が起きる。また、アメリカの強い要望で日英同盟が更新されず、代わって日英米仏の四カ国条約が締結された。この時、アメリカは既に日本との対決を考えており、その為に日英同盟が邪魔だったのではないかという研究もある。

さらに中国を含めた九ヵ国条約では、中国大陸の一体性を認める事になる。これにより、中国大陸では漢民族によるその他の民族（満州族・チベット族・ウイグル族等）の支配が確定した。アメリカやイギリスには、中国の民族問題に詳しい専門家がおらず、また、中華民国の市場開放を条件に、中華民国（漢民族）による他民族の支配を認めたとも言われる。

そして、１９４９年に成立した中華人民共和国は、チベット・ウイグルでの支配を強め、１９７０年頃までに数百万人の民衆を虐殺したとも言われる。

「殿下。この度のワシントン会議では、中華民国について議題に上ります。英米は、漢民族による満州族やウイグル・チベット族の支配を認めようとしますが、これについて日本は、反対意見を述べるのがよろしいかと存じます」

「高城よ、それはなぜだ？」

「はい、殿下。清帝国は満州族が漢民族やウイグル族を支配する政治体制でしたが、元々は個別の国を持った別民族です。欧州大戦の折に掲げられた「民族自決権」の原則に従い、「漢民族をはじめ中国大陸全ての民族の自決を尊重する」と主張するべきでしょう。それに、漢民族が他の民族を支配する過程で、大規模な内戦や虐殺事件も起きかねません」

「なるほど。確かに民族自決権は重要であるな。しかし、それを主張するのであれば、我が国も朝鮮半島を独立させなければならないのではないか？」

「はい、殿下。朝鮮半島は近いうちに独立させるべきだと考えます。そもそも、ロシア帝国が南下政策をとったために、我が国としては朝鮮半島を守る必要があり、結果、併合となりました。しかし、現在のソビエト革命政府には、南下政策を取る余裕はありません。また、樺太にロシア帝国正統政府が樹立した以上、樺太と対峙しながら朝鮮半島に手を伸ばす事は、不可能と考えます。それに、朝鮮併合は、朝鮮民族の誇りを大いに傷つけ、後々まで禍根を残す事にもなりかねません」

「なるほどな。確かに、我が日本が弱小だったとして、アメリカが『守ってやるからアメリカの

1州になれ』と言ってきたとしても、とても受け入れられる事ではないな」

「はい、殿下。その通りにございます。ここは、朝鮮半島の独立を承認し、安全保障条約を結んで、日本とソビエト革命政府との緩衝地帯とするのが、地政学的に見てもよろしいかと存じます。ソビエト革命政府が行っている虐殺や計画的飢餓の情報を密かに集めております。この情報を朝鮮半島に流せば、ソビエト革命政府にすり寄る輩も支持を得る事は叶わないでしょう」

「たしかに、そうだな。しかし、植民地を多く抱えた欧米が民族自決を促すとは思えないが」

「はい、殿下。その心配は無いでしょう。欧米は〝自分の事は棚に上げる〟事に、何ら躊躇する事はありません。中国は中国、自分たちは自分たちと考えるはずです」

　こうして、日本代表団に対し以下の内容が告げられた。

○中国大陸の民族自決について列強は妨げない
※民族自決を促す形で干渉しても良いと、拡大解釈できる
○上記が認められるなら、朝鮮半島の独立（保護国）を承認し、欧米に市場を開放する
○ただし、朝鮮半島の独立は、最後のカードで有り、できれば、中国大陸の民族自決のみを認めさせる事が望ましい

　朝鮮半島の独立に関しては、帝国議会が批准するかどうかは不透明なので、条約を締結したと

しても、日本のみ批准しないという可能性もある。そうなれば、中国での民族自決だけが認められ、後々、清帝国が独立したなら満州において、日本が影響を及ぼせるだろうと摂政は内閣を説得した。

また軍縮会議については、内閣に交渉を任せると摂政が明言した事により、軍備削減についての反発を予防する事になる。この指示は、外務省によって暗号化され、代表団へ打電された。
※当時は、太平洋を横断する海底通信ケーブルが既に敷設されている
しかしこの暗号は、アメリカに盗聴され、解読されていたのだ。

高城蒼龍は、当然にこの暗号が解読されている事を知っている。なので、あえて次の文を加えて送信した。

「アメリカは中国大陸の専門家がおらず、50年後百年後の世界情勢が見えていない。中国が一体化して安定すれば、その人口は10億人以上になり経済発展もする。そして、軍備を強化して世界最大の超大国になる。その時には、日本やアメリカはその従属国、もしくは完全な属国とされるだろう。なんとしても、中国大陸での民族自決を勝ち取って欲しい」

〈アメリカ国務省〉

「たしかに、10億人以上の国家の出現は、我がアメリカにとっての脅威となるか。ここは、日本の策に乗って、中国の分割を実行した方が良いかもな。日本はおそらく、満州鉄道を中心として、

清帝国の復権と傀儡化を狙っているのだろう。なら、中華民国をアメリカの傀儡として、清帝国と対峙させるのが良策か」

こうして、各国の思惑がぶつかり合う事になる。

第三十九話　ワシントン海軍軍縮会議（2）

「戦艦陸奥(むつ)は完成艦である。よって、廃棄対象にはあたらない」

軍縮会議では、現時点までに完成していない戦艦は廃棄とされたが、完成間近だった戦艦陸奥（長門型2番艦）は既に完成していると強弁し、廃棄対象から外すよう交渉していた。

これに対して、アメリカとイギリスは日本に調査団を派遣する。しかし、その調査団は日本からの接待攻勢によって、「陸奥は完成済み」と報告するのだ。

そして、戦艦陸奥の廃棄が回避された一方で、アメリカとイギリスも、戦艦保有数を増やす事になる。この結果、戦艦陸奥を廃棄した方が、実は対英米での戦力比は良かったという、何とも皮肉な結果となった。

そして、いよいよ九ヵ国条約会議に移る。

「アメリカ合衆国は、中国大陸での民族自決権を尊重する。満州族、チベット族、ウイグル族、モンゴル族他、その他の民族はそれぞれに自治を行う権利がある」

冒頭でのアメリカの発言に、参加国は動揺を隠さない。日本だけは逆の意味で動揺していた。

「な、なんだと！　裏切るのか？　事前協議では中国の一体性について協力すると約束したではないか！」中華民国の全権大使が声を荒げる。

会議は中華民国の強い反対によって紛糾し、何度かの中断をよぎなくされた。そして、中断の間に、各国は個別会議を開いて善後策を協議する。


「ロシアでは内戦も終了し、共産化が完了する。そうなれば、周辺へその魔の手を伸ばすだろう。ここは、革命ロシアと国境を接する部分に漢民族以外の国を作って、緩衝地帯とするのが良策ではないか？」

アメリカは中華民国大使の説得に当たる。

「現時点でも、満州やモンゴルを実質支配できていないではないか。これを無理に占領しようとしたら、あなた方漢民族も相当な犠牲を払う事になる。そうまでして、わざわざ危険な革命ロシアと国境を接するのが良いとは思えない」

「し、しかし、本国の指示では中国の一体性だけは絶対に譲るなと…」

「アメリカの支援無くして、どうやって中華民国を運営していくのだ？　満州を日本にくれてやれば、日本はおとなしくなる。しかし、イギリスとフランスは、露骨に租借地や権益の拡大を要求してくるぞ。あなたも、アヘン戦争やアロー戦争での英仏の凶悪さと醜悪さはよく知っている事だろう。連中は文明人のお面をかぶった野蛮人だ。中華民国と真の友人になれるのはアメリカだけだという事を忘れないで頂きたい」

それは、友人に対する説得ではなく、もはや脅迫に近かった。アメリカにとって友情とは、1セントの価値もない。

中国国内でも共産主義者の活動が活発化してきており、さらに、革命ロシアと直接対峙を避けたかった事と、アメリカの後ろ盾を無くして日英仏からの侵略に対処できる見込みがなかったため、中華民国本国でもアメリカの提案を飲む事になった。

この事に、一番驚いたのは日本だった。アメリカは中国の一体性を強く主張すると予測していたのだが、良い方向に裏切られた形だ。そして、最後のカードに取っておいた朝鮮半島の独立については、朝鮮の「ちょ」の字も出なかった。中国本土の利権に比べれば、朝鮮半島の独立などアメリカにとっては芥子粒以下であったのだ。

紆余曲折があったものの、九ヵ国条約では概ね以下の事が定められた。

○中国大陸での民族の自決権に関して、中華民国を除く締結国は、それを妨げない。

○中華民国は、自国内の独立問題に対して、独自に対応をする権利を有する。
○中国大陸に権利を有する国は、その管理地域を締結国に門戸開放し、経済活動の機会均等を行う。

※中華民国はもちろん、満州に権益を持つ日本や租借地のある英国に対しても、締結国の経済活動を認めさせる内容。今後、清帝国（満州）の独立を日本が実現させたとしても、その地域において、締結国は自由に経済活動ができる事の保証にもなる。

日英同盟が解消されてしまったのは残念だったが、日本政府は、軍縮条約と四カ国条約、そして九ヵ国条約がまとまった事に安堵する。特に軍縮条約は、何としても実現したかった。欲を言えば、海軍の強硬な横やりがなければ、戦艦陸奥も廃棄したかったのだ。

そもそも、当時の海軍増強計画には無理がありすぎた。「八八艦隊案」と呼ばれた当時の増強計画は、艦船建造費用だけで合計24億円（複数年予算）とも言われる。さらに、増強された艦隊だけの運用費用も、年間2億5千万円と見積もられており、国家予算が15億円程度の日本にとっては、傾国のプロジェクトと言って良いだろう。

そしてこの軍縮条約によって、建造中のいくつかの戦艦（巡洋戦艦）が空母に改装される事となった。

「しかし、困ったな。うまくいきすぎだよ。アメリカからの強い圧力で、仕方なく満州の独立と引き替えに朝鮮半島も独立させる計画だったのに…」

高城蒼龍は、自分が追加した電信が効果を発揮しすぎた事に、頭を抱えるのであった。

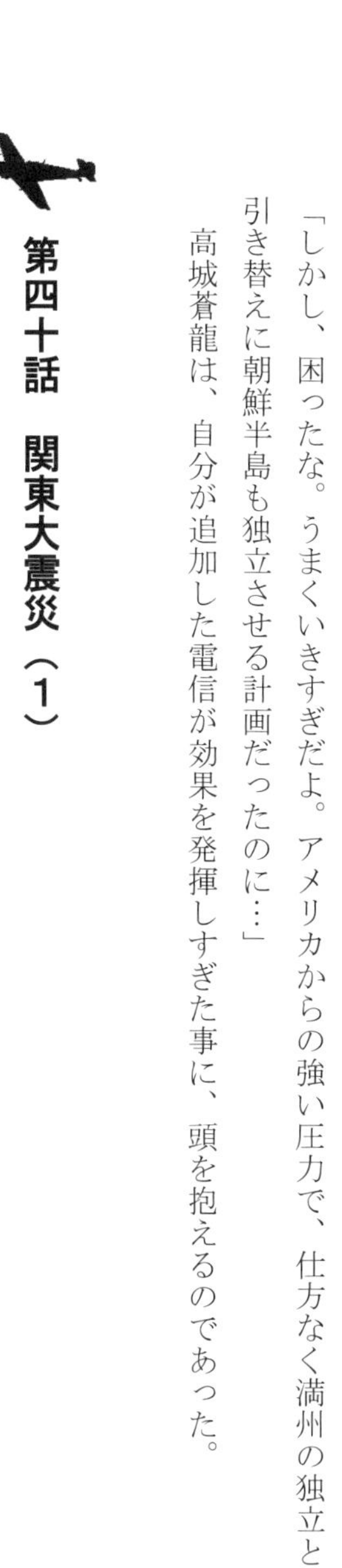

第四十話　関東大震災（1）

大正12（1923）年　正月
「今年は関東大震災が発生する年かぁ。なぁリリエル、やっぱり防いだ方がいいよね」

「あんた、10万人、見殺しにする気？　少しでも不幸な死を減らしてよね。悪魔に力を与えるなんて絶対だめだから！」

「しないいしない。ちゃんと防ぐよ。でも地震は必ず起きるんだよね。被害をゼロにするのは難しいか」

　1923年9月1日11時58分、相模湾北部から房総半島中部までを震源域とする推定マグニチュード8・0の巨大地震が発生する。この地震により、横浜市から東京市にかけて大規模な火災が発生。また、相模湾や東京湾沿岸では津波による被害も発生し、約10万人の人々が死亡した。

発生時刻が11時58分と、ちょうど昼食の用意をしている時間帯で火を使っている家庭が多かった事が、大規模な火災につながったとされる。

宇宙軍では、小型のエンジンポンプを東京や横浜の各所に配り、地元の消防組合で使えるようにしていたが、もちろん、その程度の事で関東大震災を防げるとは思っていなかった。


「9月1日に関東全域で防災訓練とかしてさ、地震が発生する時刻に、ちょうどみんなを避難させるとかどう？」

「防災訓練はいい案なんじゃない？『9月1日に大地震が起きる！』なんて予言してたら、予言した連中が地震を引き起こしたんじゃや無いかって言われそうね。人間って、陰謀論大好きだから」

「でも、ピンポイントで突然9月1日に防災訓練をするとして、実際にそれに併せて地震が発生したら、やっぱり地震が起きる事を知ってたんじゃや無いか？　とか、予言しておいて自分たちで地震を引き起こしたんじゃ無いかって疑われないかな？」

「突然だったらそうよね。でも、私たちじゃない〝誰か〟が9月1日に開催するように提言したら大丈夫じゃないかしら？」

「殿下。9月1日に発生する可能性がある大地震についての報告書です」

「地震というものは恐ろしいものだな。2年前の中国の地震では、20万人が死んだと聞く。地震の発生を防ぐ方法は無いものか？」

「はい、殿下。地震エネルギーは人智を遙かに超えています。発生自体を防ぐ事は不可能です。我々に出来る事は、出来るだけ被害を少なくする事だけでしょう。まずは専門家に諮問なさるのがよろしいかと。地震が起こるとすればどの程度の規模なのか？　最悪の場合、どれくらいの被害が発生するのか？　この分野では、今村明恒博士が良いかと思います。特に、今村博士はこの帝都にて巨大地震が発生すると警鐘を鳴らされております。まさに適任かと」


そして、摂政からの諮問という形で今村明恒が招聘された。

東宮御所の一室、今村明恒は緊張した面持ちで座っていた。突然の摂政からの呼び出し。内容は東京で巨大地震が起こる可能性について諮問したいとの事であった。今村は18年前に書いた論文で、東京にて巨大地震が発生すると指摘し、それは当時一大センセーションを巻き起こして社会問題になっていた。そして、多くの学者から「世間を動揺させて耳目を集めるための売名行為」だとか「ホラ吹きの今村」などと非難されていたのであった。

「たしかに、あの時50年以内に帝都で巨大地震が起こると発表したが、それから18年、それらしい予兆は無い。しかし、殿下が私の論文に興味を示されたという事は、地震について本気で考慮して頂けているという事だろうか？　まさか今更『ホラ吹き』と罵倒するために招聘されたわけでもあるまい。ここは、理路整然と地震の仕組みや発生する可能性を論じて、殿下にもご理解を深めて頂かなくては」と意気込んでいた。

「殿下がお見えになりました」東宮侍従が今村に告げる。

入り口の戸が開かれ、背広を着た青年と同い年くらいの軍人が入室してきた。摂政宮皇太子殿下と高城蒼龍である。

「今村先生、よくぞお越し頂けました。ご足労頂き感謝いたします」

「先生などとは恐れ多い事にございます。どうか『今村』とお呼びください。また、この度は殿下にお招き頂き、誠に光栄の極みに存じます。殿下におかれましては、生物学だけで無く科学や地震学にも造詣が深くおられ、はなはだ平伏する限り。本日は、私の浅学にご興味を頂き、誠にありがとうございます」

「いや、是非とも先生と呼ばせて頂きたい。自身より学や才のある方を先生とお呼びするのに何をはばかる事がありましょう。それでは早速ですが、先生が明治38年に執筆された、帝都において大地震が起こるという論文についていろいろとお話を聞かせて頂きたいのです。もし、近い将来そのような事が起こるのであれば、その対策を怠った政府の大失態を誰もが責める事でしょう。また、多くの民が被災して死者も出るようであれば、取り返しのつかない事になります」

「殿下はあの論文を信じて頂けたのですか？」

論文に自信はあったものの、学会からホラ吹きと揶揄され、それから18年、大地震の兆候も無く、現在に至っている状態で興味を持って頂けるなど、今村に取っては慮外の喜びであった。

「この日本は火山が多く、神代の時代より大地震の記録には暇が無い。起こる可能性があるものは、いつか必ず起こるという事でしょう。それが今すぐなのか、10年後なのか百年後なのか。しかし、為政者は常に最悪の事態を考えて対策をしておかねばならぬと思います。是非、先生のご意見をお聞かせ願いたい」

第四十一話　関東大震災（2）

今村は驚喜して、過去の地震や現在わかっている地震のメカニズムについて説明を始めた。しかし、1920年頃の地震研究は黎明期であり、ウェゲナーが大陸移動説を提唱してはいたが、懐疑的な見方が大半を占めているような時代である。高城から詳しい地震のメカニズムを教えられていた摂政にとって、今村の説明はいささか的外れなものに聞こえていた。

――いやいや、高城が特別であって、現在の研究では今村先生の理解が最先端なのだろう――

そう思い直して今村の話に傾聴するのであった。

「今村先生は、ウェゲナーの大陸移動説はご存じでしょうか？」

「はい殿下。その論文は私も読みましたが、どうにも荒唐無稽な主張のように思います。確かに、大陸の形や生物や化石の分布から、大陸移動説があれば説明がつくものもあります。しかし、あの巨大な大陸がそのまま移動するなど、にわかには信じがたく、学会でも懐疑的な意見が支配的です」

「そうですか。しかし、私は大陸移動説はおおむね正しいのでは無いかと思わずにはいられないのです。地下に穴を掘れば、だんだんと暑くなっていく事は先生もご存じでしょう。炭鉱では、地下数百メートルになると、気温が50度にもなると聞いております。地球の半径が6千キロメートルだとすると、地球の中心では数千度の温度になっているのではないでしょうか？　さすれば、地球の中は土と岩の個体では無く、熱く溶けた溶岩が詰まっているのではないかと思います。そうだとすると、熱い部分と幾分温度の低い部分とで対流が起きたり、また、コリオリの力で渦が出来たりすれば、その上に乗っている大陸は、その対流に沿って動くのでは無いでしょうか？」

今村は摂政の言葉に絶句した。たしかに、地球の内部が熱く液体であるという説は、近年グーテンベルグが提唱するなど、学会でも認知されつつある。これは、地震波の伝わり方の解析によって、地球の内部に地震を屈折させたり反射させたり、全く伝わらない部分がある事が発見され、それを説明するためにどろどろに溶けた溶岩の中心があるのではという説である。

そして、摂政がその事を既に知っており、しかも、それが対流を起こし大陸を動かしているという発想を持っているなど、恐懼の至りであった。

「大陸が動くという事は、どこかでぶつかったり、また、どちらかが上に乗って、一方が下に潜り込んでいたりといった事がおこっているのではないでしょうか？　日本海溝はそのように一方が沈み込んでいるために、深くなっていると思えます。そして、沈み込む時の摩擦で熱がたまり、それが火山として噴火をして、火山列島、つまり日本列島を作っているのではないでしょうか。とすれば、日本において地震が多いのも自明の理というもの」

今村の頭の中で、ばらばらだったピースが次々に繋がっていく。今村にとっては、まさに天啓であった。


「今村先生。つまり、今村先生は今年の9月1日に、大地震に備えて大規模な避難訓練をするのが良いという事ですね？」

「はい、殿下。いえ？　あの、9月1日にとは…別に9月1日でなくても…」

今村は戸惑う。なぜに9月1日と…

「今村先生。そうですか、やはり、9月1日がどうしても良いとおっしゃられるのですね。そこまでおっしゃられるのでしたら、仕方がありません。今村先生のおっしゃるとおり、9月1日に避難訓練をいたしましょう」摂政はノリノリだった。

「あ、いいえ、はい、殿下。特に9月1日とは…」

今村は戸惑いを通り越して困惑の表情を見せる。

「今村先生。訓練の準備は政府で行います。今村先生には、実行委員長になって頂きたい」

こうして「今村博士の強い提案」によって、9月1日に避難訓練が実施される事になった。

早速、高城蒼龍からの提案書をベースに、警察・消防・陸軍・海軍で避難訓練計画が策定される。

陸軍海軍は、避難民へのテントや糧食・水の支援を迅速に行う。また、警察と憲兵隊には、流言飛語を防止し、治安の維持に努める事が決定された。

一昨年から進めている、宇式一号消火ポンプの普及も加速させた。宇式一号ポンプは、防火水槽にホースを入れて使う設置型タイプと、農業用エンジン運搬車の荷台に、2千リットルの水タンクとポンプを備えた機動タイプの二種類を用意している。そして、地域の消防組合で事前に動作確認をさせるように指導した。

今回は宇宙軍は表に出ない。軍部や警察消防に花を持たせる事にしたのだ。

また、震災発生後の復興計画も準備を進めた。東京市や内務省の担当者は、震災が発生する事が既定路線のような復興計画に困惑したが、自らが考える都市作りが行えるとあって、真剣に取り組んだ。

復興計画では、パリの町並みのような、5階建てに揃えられた耐震コンクリートの復興集合住宅建築が決定されたのである。コンクリートに使う砂には海砂は使わない。また、安山岩も使用しない事によって、百年以上の耐久性を持たせた。

※安山岩を使用すると「アルカリシリカ反応」を起こしてひび割れが発生する

復興の目玉として、霞ヶ関に中央官庁の総合庁舎を建築する事が、密かに計画された。重量鉄骨耐震構造の36階建て１４７メートル、日本初の本格的な高層建築ビルヂングだ。

設計はもちろん、高城蒼龍が既に準備している。

また、震災によって鉄道や路面電車が壊滅する事を想定し、人員輸送を代替するバスの開発を進めた。

しかし、宇宙軍では小型エンジンの開発が終了したばかりだったため、バスを動かせるような排気量のエンジン開発はすぐには難しかった。

そこで、既に量産が始まっている３５０cc・12馬力汎用エンジンを３台直列に接続した36馬力ユニットを製作した。インテークマニホールドは新設計とし、３台のエンジンでキャブレターは一つにしている。このユニットに、鉄鋼角パイプでシャーシを作り、その上に20人乗り客室を架装した。動力伝達は４本の長いＶベルトで、リアアクスルのデファレンシャルギアを駆動する方式と、現代の、農業用運搬車を大きくしたような構成だ。

最高速度は30㎞／ｈ程度だが、臨時の代替輸送には充分だ。

そして、宇宙軍兵学校総合課程に在籍する18才以上の生徒に、甲種運転免許の取得を進めた。
※この宇宙軍が開発したバスは、後に、陸軍から軍用トラックとしての引き合いが来る事になる。
「その時」に向けて、着々と準備が進められる。

第四十二話　関東大震災（3）

「全国地震避難訓練実施要項（実行委員長総指揮：今村明恒博士）」

今村は全国規模の避難訓練の総責任者に祭り上げられ、青ざめていた。政府発表では、ただ単に実行委員長という扱いだが、各新聞はこぞって「今村博士が9月1日に大地震を予言！」などと、大げさに書き立てる。

「うう…胃が痛い…」今村博士は、胃痛でお腹を押さえるのであった。

この避難訓練実施の為に臨時予算が編成される事になったが、これに大蔵省が難色を示した。本当にこの時期に、これだけの予算をかけてする必要があるのかと。野党も税金の無駄遣いだと政府を攻撃した。

政府としても、摂政からの提案ではあるが、これだけ大規模な避難訓練が本当に必要なのか懐疑的でも有り、摂政へ翻意を促していた。

「総理大臣。それでは、この度の避難訓練を大幅に縮小し、陸軍海軍の参加も見送れと言うのだな？　避難訓練は予算の無駄遣いだと？」

「はい、殿下。いえ、決して無駄遣いと言っているわけではありません。天災に準備をする事は必要であると存じます。ただ、これだけの規模になると、国民生活への影響も出てまいります。計画書では、9月1日11時30分から13時まで、関東・東海全ての列車を停止し、また、病院も含めて国民全員例外なく全ての建物からの退出、さらに、東海から北関東までの沿岸に停泊する船舶を、陸地より5㎞以上離岸させるとの内容があります。また、陸軍15万人、海軍艦艇30隻の動員と、保存してある乾パン全ての放出と、さらに糧食200万人分を準備し、当日1回、翌日2回炊き出しを実施するのは、戦時体制と言っても過言ではなく、いささかやり過ぎかと…。それに、今年は臨時予算で行えますが、これを毎年実施するとなると、予算を捻出する財源の確保も必要になります」

「なるほど。総理大臣は今村先生が策定された計画案に不満があるのだな。しかし、もし数年以内に超巨大地震が発生し、東京全域で家屋の倒壊や火災で、何十万人もの命が失われるような事になれば、誰が責任を取るのだ？　それが少しでも防げるのであれば、この程度の予算は安いものだとは思わないか？　それに、第一回の今回は意識付けも兼ねて大規模に行うが、翌年からは規模を縮小してもかまわないと思っておる」

「はい、殿下。しかしながら…」

「大臣よ。災害はいつか必ずやってくる。大地震の記録は神代(かみよ)の時代から枚挙に暇が無い。しかも、人間はその発生を防ぐ事は出来ないのだ。なれば、国民を守るために、最大限の努力を払うのは、為政者のつとめではないのか？」

「はい、殿下。おっしゃる通りにございます。避難訓練を行い、いざという時の備えは必要だと思いますが、しかしながら、今回の規模は…」

「もう良い。これは私だけでなく、天皇陛下のご裁可も頂いておる。これ以上は不敬にあたるぞ」

摂政も、いささか強引だったかとも考えながら、こうして、避難訓練は強行される事となる。

今村博士は、さらに胃を痛める事になった。


1923年9月1日11時15分、避難訓練が開始された。

「地震だ――、大地震が発生した――」

消防組合の男たちが、計画書に従って地震の発生を大声で告げて回る。精一杯大声を出しているが、訓練なのでやはりどこか緊迫感がない。

関東圏では、当日の朝から都市ガスの供給を止めており、ガスエンジンを使う工場も生産をストップさせていた。また、訓練開始と同時に、関東・東海のいかなる場所においても、火を使う事が禁止される。これは火力発電所も例外ではなく、11時15分に炉への空気の流入を止めて、燃焼を停止させた。(当時の火力発電所は石炭なので空気を止めて火を消す)地震によって、大停電が発生したという設定だ。

地元消防団や消防組合の男たちが、大声で避難を呼びかける。そして家々から人が出てきて、地域住民が列をなして公園や校庭などの指定避難場所に移動を開始した。

当日は土曜日で、学校の児童生徒は登校している。訓練の開始と同時に机の下に潜り、しばらくしてから教員の先導で校庭に出て行く。

さらに、2年前から配布が始まっていた「宇式一号消火ポンプ」を防火水槽に設置し、いつでも動作させる事のできる準備をした。

陸軍は近衛師団を中心に避難民の誘導を行う。避難訓練に際して、病床の天皇より直々に訓示を頂き、士気は非常に高い。

「朕の赤子(せきし)である国民を守ってやってくれ」

天皇の言葉は重い。近衛師団の将官は皆軍馬に騎乗し、避難誘導の指揮に当たった。

陸軍の日比谷・青山・代々木・駒沢・駒場練兵場では、緊急の野戦病院が設置され、怪我をした国民の受け入れ体制を進める。全国の陸軍師団からは、事前に野戦テントが届けられており、大量の被災民が発生した場合に備えている。

そして東海から北関東までの沿岸地域の住民は、高台への避難を開始した。巨大地震の後には、津波が来る事を事前に訓練メニューとして通知している。

また在日本外国公館にも、避難訓練への参加を、「非常に強く」要請した。そこまで徹底的にするとは、日本人は何を考えているのかと訝しんだが、外交儀礼としてのつきあいもあるので、最低限の人員だけ公館に残して、訓練へ参加する事にした国が多かった。

こうして、関東・東海全域でほとんどの国民の避難が完了した。

「お母ちゃん、暑いよー」

5才くらいの幼児が母親に泣きつく。この日の気温は30度を超えており、雲一つ無い炎天下の元、日よけもない公園に何も持たずに避難している。12時が近くなり、皆、お腹をすかす頃合いだ。

そして運命の11時58分がくる。

第四十三話　関東大震災（4）

「な、なんだ?」

地面に座っていた人々が騒ぎ始める。P波による微振動だ。ほぼ直下型地震なので、P波はほんの1秒程度しかなく、すぐに本震がやってきた。

ドォ――――――ン!!

それは、地震というより大爆発と言って良い衝撃だった。揺れの加速度は600Galを越え、周りの建物は巨大な音を立てて次々と倒壊していく。立っている者は地面に倒れ伏し、近衛師団の軍馬は、その恐怖で走って逃げようとするが、激震のために次々に転倒した。公園の池の水は揺れによってあふれだし、打ち上げられた魚たちが地面を跳ね回る。

公園に避難していた人々は、生まれて初めて経験するすさまじい揺れに恐れおののいた。地面に座っていても体が倒れる。四つん這いになっても、体が地面を滑って揺れる。まさに、この世の終わりを思わせる振動だった。

この激震は、約1分間続いた。

揺れが止まり、人々がゆっくりと顔を持ち上げる。倒壊した建物から立ち上る砂煙で、空がくすんで見える。周りからは、子供たちの泣き声が響き渡る以外に音はしない。

「家に戻ってはならん! 地震は一度では終わらない。余震というものが来るぞ。家が心配なのはわかるが、この避難場所から動いてはならん!」

避難誘導にあたっている近衛師団の兵士が、大声で叫ぶ。事前のマニュアルに記載されたとおりに、避難誘導民へ指示を出して誘導した。

12時1分。最初の余震が来る。

「ぎゃー！！　もうやめてー！」「おおおおぉぉぉぉぉ！」

一度目の地震を乗り越えた人々も、すぐに発生した余震は精神的ダメージが大きかった。皆叫び声を上げて、神仏に祈りを捧げる。もしかして、このまま地震は永遠に続くのではないかと人々は恐怖した。

そしてちょうどその頃、鎌倉から房総半島までの太平洋に面した海岸では、最大12メートルにもおよぶ津波が押し寄せてきた。船舶のほとんどは5キロメートル以上離岸していたため被害は少なかったが、沿岸の建物にかなりの被害が出た。鎌倉では、歴史的建造物などが津波による流出被害にあう。


余震も収まり、皆少し落ち着いてきた。

「こ、これも訓練かな？　訓練だったら、家、大丈夫だよな？」

「ばか！　訓練でこんな地震を起こせるわけないだろ！」

「こ、子供たちは？　学校は無事なの？」

「落ち着け！　指示があるまで動くな！　15時になったら、子供が学校に行っている親は迎えに行け！　今日は、陸軍から食料が届けられる。絶対に自宅に戻ってはならんぞ！」

事前の周知も有り、ほとんど火災は発生しなかったが、それでも下町を中心として何カ所かで火の手が上がった。しかし、事前に準備していた防火水槽と宇式一号消火ポンプによって、その全てが小規模なうちに鎮火される。特に、史実では被害の大きかった墨田区に、重点的に消火ポンプを配置した事が奏功したのだ。

夕方になり、陸軍の各部隊から避難所への糧食と水、そして毛布が届き始める。

「慌てずに並べ！　食料はちゃんと皆の分、あるぞ！」兵士たちが、民衆を誘導して列を作らせる。食料は充分にある事を伝え、皆を落ち着かせた。

人々は心細いながらも、なんとか翌朝を迎える事が出来た。

史実では、一部で食料等の略奪行為があったとされる。しかし、事前に充分に糧食や毛布・テントを用意していた事により、略奪をほぼ防ぐ事が出来た。食料が手に入ると解っていれば、人々は合理的に考える事ができ、略奪などしないものだ。

翌日からは、行方不明者の捜索が本格的に始まった。倒壊した家屋に取り残された人が居ないか、調査をしてまわる。

史実では、未確認情報にもかかわらず、新聞が「朝鮮人が井戸に毒を入れた」「暴徒が略奪や殺人をしている」といった記事を掲載した事で、朝鮮人や避難民の殺害を発生させてしまった。

この点に関しても、政府は新聞社に対して正確な情報のみを伝えて、流言飛語を抑制するように要請を出した。また、1日に3回、内務省より被害状況や、避難民は平穏無事に避難できている事、略奪や暴動は発生していない事をプレス発表する。正確な情報を積極的に流す事によって、流言飛語の押さえ込みに成功したのだ。
また史実では、震災の混乱に乗じて社会主義者や無政府主義者が、陸軍によって殺害される事件が発生した。しかしこれも事前に根回しをして、防止する事に成功した。
東京湾の工業地帯の被害も甚大であった。横須賀では史実通り、「空母天城」がガントリーロックからずれ落ち、修復不能な損傷を受ける。

「なんとか、被害を最小限に抑えられたかな？　まだ集計は完了してないけど、今のところ死者行方不明者は２５００人といったところだね」
「よくやったじゃん！　褒めてあげるよ！」リリエルが嬉しそうに蒼龍の頭をなでる。(実際になでるわけではなく、頭の中のイメージでだが)
「それでも２５００人は犠牲になったんだから、手放しに喜んでられないよ」

「高城よ。やはり大地震は発生してしまったな。しかし、被害を最小限に抑えたと言える。略奪や暴動もほとんど無かったと聞く。よくやってくれた」

「はい、殿下。いいえ、私の力ではなく、殿下がリーダーシップを発揮して頂き、大規模な避難訓練が実施できた事が最大の要因です。情報を的確に発信したのも奏功しました。もし、毎年実施していたなら、人々は〝慣れ〟によって、避難指示に従わない者も出たかもしれません。それに、これだけの規模の避難訓練を毎年実施するには、予算が厳しいと思います。第一回で、これだけ大規模に徹底的に実施できたのは、殿下のお力であると考えます」

「そういえば、清国の愛新覚羅溥儀(あいしんかくらふぎ)殿から多額の義捐金を頂いたようだな。感謝に堪えぬ。私からお礼の親書を認(したた)めようと思うがどうだろう?」

「はい、殿下。それがよろしいかと存じます。溥儀殿が何かお困りの時は、遠慮無く頼って欲しいとの旨を書き添えて頂ければと思います。その親書が、溥儀殿にとっての救いになる時が、必ず来ます」
※愛新覚羅溥儀:清国最後の皇帝。満洲族。関東大震災当時は、革命によって退位しているが、皇帝相当の生活が保障されていた。清国は、満州族が漢民族を支配する国家体制だった

―――

被害を最小限に出来たのは、火災をほぼ押さえ込む事が出来た事が大きい。しかし、本震の後、

貴重品を自宅に取りに戻っていた時に、余震による倒壊や、押し寄せた津波によってある程度の死者が出た。山間部では土石流や崖崩れに巻き込まれた人もいた。

「貴重品と自分の命を天秤にかけたら、どっちが大事かすぐに解ると思うんだけどね…」


人的被害は少なく抑える事が出来たが、インフラの被害は当然ながら甚大だった。史実では、復興のために国債を発行するのだが、利回りが6％以上と日本にとっては非常に厳しい発行条件となってしまった。これは、日露戦争での国債（外債）の償還とダブルになるため、当時の日本の信用では致し方のない事だったのだ。このため「国辱公債」などと野党やマスコミから非難される事になる。

しかし、今回の国債発行では、アメリカのリチャード・インベストメントグループが積極的に引き受けを行ったおかげで、3％と比較的低利で発行する事が出来た。また、ロシア銀行からも資金調達を実現し、史実のような屈辱的な金利での国債発行とならずに済んだ。

そして、これだけの巨大地震にもかかわらず、人的被害を最小限に抑える事が出来たため、今村博士は「地震予知の神様」として祭り上げられ、関東各地に「今村神社」が建立される事になり、1人困惑するのであった。

第四十四話　関東大震災（5）

関東大震災が発生して7日目、宇宙軍の臨時バスが運行を開始した。

当時の東京市には、まだ路線バスという物自体が無く、運行のための許認可制度の準備が整っていなかった。その為、「臨時乗合バス運行勅令」を発布し、即日施行したのだ。

史実では、東京市でバスの運行が始まるのは、１９２４年1月からである。当時、バスに当てる事の出来る自動車は日本に無く、アメリカから緊急輸入し、震災後４ヶ月以上経過して運行開始となった。それまでは馬車による輸送だったのだ。


宇宙軍と東京市で協議の上、合計8路線を策定し、がれきの撤去を急がせた。そして7日目、運行開始にこぎ着ける。

運行するバスが少ないと、多くの人がバスに群がって危険であるため、当初より１５０台を投入した。各路線ごとに、朝7時から夜19時まで概ね20分毎に運行する。

「すぐ次のバスが来ますから、無理に乗り込まないでください！　危険です！」

車掌が、無理矢理乗り込もうとする乗客に声をかける。

バスは運転手と車掌のツーマンセル（２人組）だ。乗務員は、宇宙軍兵学校総合課程の生徒および卒業生だが、ほとんど全員女子である。女性だけでの運行だと安全確保に懸念があるため、乗務員は全員「宇宙軍伍長」の任官を受けている。そして、職務中は護身用の拳銃と軍刀を携行する事になった。

「なんだ？　女が運転してるのか？　そんなの怖くて乗れねーぜ！　男の運転手はいねーのかよ？」　50才くらいの男性が声を上げる。

　こういった差別的な発言は、日常茶飯事だ。運転をしている村田三子伍長は「またか…」と思いながらため息をつく。

　３人目の女の子だから「三子」。安易な名前だ。そして、上の２人の姉は、自分が物心つくころには、既に遊郭に売られていた。今は、どうしているかもわからない。そして自分自身が売られる直前に、陛下の勅諭と宇宙軍の創設によって救われたのだ。

　実の両親から「女だからいらない」と言われたようなものだ。そして今、乗客からも「女だから」と差別を受ける。男に生まれるという事は、そんなに特別な事なのか？　男だというだけで偉いのか？　村田伍長は、そんな思いに囚われる。それでも、生まれてすぐに間引きされなかっただけ、幸せなのだろうか？　東京に旅立つに日に見た、両親のおどおどとした笑顔を思い出して、嫌な気分になる。両親にとっては、自分を売って現金を手に入れた方が、幸せだったのかも知れない。

「おい！　おっさん！　今、何て言った？」乗客の青年が声を上げる。

「そうだ！　この嬢ちゃんたちは、みんなのために一生懸命がんばってるんだよ！　それなのに、お前、何様のつもりだっ！」

「それじゃぁお前が運転してみせろよ！」

乗客が次々に声を上げて、文句を言った男性をにらみつける。

「な、な、何だと！　おまえら、お、女の味方をしやがって…」

精一杯反論しようと試みるが、その言葉はさらに火に油を注ぐ事になる。乗客たちは殺気立ち、今にも文句を言っていた男につかみかかりそうな勢いだ。家や職場を無くした者も多い。今そのストレスが暴発したら、この男はリンチにあい、おそらくなぶり殺しにされるだろう。

「やっちまえ！」乗客の誰かが叫んだ。そして、若い男たちがバスを降りて男の元へ詰め寄った。

「静かにしてください！」

そう叫んで、村田伍長と車掌の２人が乗客と男性との間に割り込んだ。

「皆さん、落ち着いてください！　帝都の治安を乱す事は許しません！」

その毅然とした態度に乗客は皆落ち着く。

「さあ、あなたも急いでここを立ち去りなさい」

文句を言ってきた男性に逃げるように告げたあと、皆をバスに乗せ通常運行にもどった。

濃紺を基調とした宇宙軍の制服は、とても精悍で見た目が良い。化粧も高城蒼龍が指導して、21世紀レベルの美しさに仕上がっている。

「戦場（職場）に出る時は、必ず身出しなみを完璧にしておくように」

これは、高城蒼龍のポリシーだ。仕事に対する真摯さの現れである。

さらに、女性兵卒にもかかわらず、腰には拳銃と軍刀を下げている。その姿に街の女性たちはあこがれ、若い男性は心を奪われる者が続出するのであった。

時々、陸軍の兵卒や下士官もバスを利用する。皆、運転手と車掌に敬礼をしてから乗り込む。よくよく観察すると、いつも同じ兵士が、特定の運転手と車掌の時に乗り込んでくるようだった。陸軍では、「宇宙軍〇〇伍長派」とか「△△伍長派」などのファンクラブが出来ていた。

そして、臨時バスの運転手と車掌は、毎日のようにたくさんの男性から恋文を受け取る事になる。人生初の〝モテ期〟が到来したのだ。ちなみに、女性からもたくさん恋文をもらい困惑していた。


「殿下。バスの運行にあたって、女性運転手が心ない差別発言を受ける事があるようです。それに対して、女性に理解ある乗客と口論になったりと…。今のところ暴力沙汰にはなっておりませんが、何かしら対策を取った方がよろしいかと存じます」

「たしかに、そうだな。国民のために一生懸命努力をして運転技術を身につけた女子を、言われもなく差別するなどもっての他だ。陛下に奏上して、勅諭を出して頂こう」

そして、天皇より勅諭が発せられる。

「国家危急の時にあって、職業婦人への差別を朕（天皇）は悲しんでいる」との内容だ。

「国家危急の時」「職業婦人」と限定したのは、現段階での混乱を避けるためである。しかし、今後早い段階で、法律による女性の権利の制限を撤廃する事を、摂政と蒼龍は決意するのであった。

第四十五話　１９２４〜２５年

〈愛新覚羅溥儀〉

１９２４年10月、北京にてクーデターが発生した。

１９１１年から始まった中国の辛亥革命によって、１９１２年には、愛新覚羅溥儀は清国の皇帝を退位させられていた。しかし、退位にあたり「清室優待条件」が清朝政府と中華民国政府の間で締結され、外国元首として礼遇を受けて名目上「清国皇帝」の称号を使っていたのだが、１９２４年のクーデターによって、紫禁城を追われる事になる。

溥儀はイギリスとオランダに身柄の保護を求めたが、両国共にこれを拒否。そして、日本大使館に保護を求める事にした。

「皇帝陛下、よくぞ我が国を頼ってきてくれました。摂政殿下からは皇帝陛下に何かあれば、全力を以て力になるように命令されております。関東大震災でのご恩は決して忘れてはおりません」

「芳澤大使殿。感謝に堪えぬ。中国全土を支配していた者の末路だ。哀れと思ってくれ」

「何をおっしゃいますか。今は雌伏の時です。皇帝陛下なら、必ずや捲土重来を果たせる事でしょう」

こうして、愛新覚羅溥儀と妻たちは、天津の日本租界で保護される事となった。


史実では、日本政府も陸軍も、愛新覚羅溥儀の保護に積極的ではなかったとされる。これは、中華民国政府との関係に亀裂が入る可能性を危惧したためだ。

しかし、１９２７年に中国国内で国共内戦がはじまり、また、張作霖爆殺事件や柳条湖事件などで、関東軍（日本帝国陸軍の中国東北部派遣軍）が満州の独立と傀儡化を画策し、愛新覚羅溥儀を皇帝に祭り上げる事になる。

この一連の事件は、参謀本部の命令を無視した、関東軍と一部参謀の完全な暴走であった。

高城蒼龍は、しばらくは溥儀を保護しつつ、中国で国共内戦が始まるのを待つ事にした。そしてその時に、中華民国政府に対して日中防共協定を締結し、国際社会公認で国共内戦に関与する事を計画する。その見返りに満州族の国家の独立を認めさせるのだ。

〈ご成婚〉

１９２４年、摂政はご成婚された。

「高城よ。そろそろきみも結婚を考えてはどうだ？　高城くらいの美丈夫であれば、見合い話の一つや二つはあるのだろう？」摂政が少しからかい気味に高城に話す。

「はい、殿下。たしかに、あるにはあるのですが…」

高城蒼龍は前世で32才まで生きて、今世では23才になる。合計すると55才だ。見た目は23才の青年だが、中身はおじさん。どうしても結婚を考える事が出来なかった。

「ねえ、結婚、しないの？」

リリエルが気色の悪い笑顔で話しかけてくる。

「うーん、なんか、そんな気になれないんだよね」

「でも、結婚したら、あんなことやこんなことができるわよー。気持ちいいのよー。わたし、知ってるのよー」リリエルが本当に気色の悪い笑顔で話しかけてくる。

「それ、お前が見たいだけだろ。もし、そんな事になってもちゃんと意識、消しておけよな」

「今更何よー。それにあんた、時々私をおかずにしてるでしょ！　わかるんだからね！　なんたってあんたとは一心同体少女隊なのよ！」

「くっ…、ほんとビッチだな。俺はいいんだよ。生まれてからずっとお前に見られてるんだから。でも、結婚は相手もあるから、相手のプライバシーを尊重したいんだよ。お前の見世物にしたくないの。しかし、天使ってみんなそんな性格なの？」

「えへへー、ミハエルにいっつも怒られてた。はしたないって」


〈八五式自動小銃〉

１９２５年５月　陸軍において、八五式自動小銃が制式化された。

これは高城蒼龍の父親の、高城龍太郎陸軍大佐が中心になって開発した銃だ。といっても、蒼龍が設計した物を、龍太郎が陸軍で製作しただけなのだが。

弾丸は、５・56ミリメートル×45ミリメートルを新設計した。三八式歩兵銃の６・５ミリメートル弾だと、エネルギーが大きすぎて、機関部に強度を持たせるために重量過多になったためだ。日本人の体格から、出来るだけ小型軽量の自動小銃が求められた。

構造はプレス板を多用し、出来るだけ簡素に設計した。量産をし易くするためだ。公差も大きめにとって、埃が侵入したとしても故障しにくくしている。銃身の交換も容易だ。弾倉は交換式30発箱形弾倉を備える。

高城蒼龍は、ＡＫ47（旧ソ連で１９４９年に開発された自動小銃）をベースに、５・56ミリメートル弾が使えるように再設計したのだ。

ただし、安全装置だけは、「ア」――安全　「タ」――単発　「レ」――連射と、変更して刻印している。

陸軍は軽量で高性能な自動小銃の完成に歓喜し、すぐに量産にとりかかった。

しかし、現場の兵士からは不満があげられてきた。満州の広大な平原では、射程が足りないと。

三八式歩兵銃の最大射程は４千メートルとも言われる。（※三八式歩兵銃の最大射程は２４００メートルと言われる事が多いが、これは照準器に２４００メートルまでしか刻んでいないため）

ただし、この４千メートルは頑張れば届くという距離だ。この距離で当たっても、殺傷力はほぼ無い。殺傷力を保てるのは２５００メートルくらいまでだが、それだけ離れていると、そもそも当たらない。遠くの敵に対しては、全員で仰角をとって一斉射撃し、当たる事を期待するというものだ。実際には、ほぼ効果は無かった。

現実的には、有効射程５００メートルくらいである。これは、５・56ミリメートル弾とほぼかわらない。それでも、５・56ミリメートルだと、２５００メートル離れた敵を倒せないという事らしい。

「だいたい、５００メートル以上離れて小銃で撃ち合うって、どんなシチュエーションだよ。平原で歩兵だけの展開って自殺行為だよね。早く陸軍の機械化も進めて、戦闘ドクトリンを見直したい」

高城蒼龍は、陸軍向け軽装甲車両と12・7ミリメートル機関銃、それに携行迫撃砲の開発を急ぐのだった。

〈面ファスナー〉

1925年6月

「高城大尉。面ファスナーの試作品が出来ました」工業高校から宇宙軍に任官された下士官が報告に来る。

「いい感じじゃ無いか。これなら充分実用に耐える」

史実では、1951年に特許出願されているので、戦後の製品になる。21世紀では、面ファスナー(いわゆるマジックテープ)は生活の様々なシーンで使われる。そして軍用としても、タクティカルベストなどに多用されているのだ。

またこの頃から、ポリエステル繊維の量産も開始される。ポリエステル繊維は、吸水性が高く、しかも乾燥も早い。さらに通気性も抜群と、兵士の下着にはうってつけの繊維だ。

それまでは、下着と言えば綿だったが、これは軍用には向かない。肌触りは良いが、汗をかくとなかなか乾燥せず、体温を急激に奪ってしまうのだ。まずは軍用下着として製造し、陸軍への普及を図った。ポリエステル下着は、現場兵士から上々の評判を得る事が出来た。

こうして様々なものを開発し、来たるべき「その時」に備えるのだった。

第四十六話　電子計算機

1926年2月

真空管を3200本使用した演算装置が完成した。

論理回路は、インテルの4ビットCPU4004程度を目標に設計した。メモリ関連はキャパシタを利用したDRAMと、真空管でフリップフロップ回路を実現したSRAMでの構成だ。パンチカードでの入力になるが、DRAMの実装と相まって、プログラマブルな汎用演算装置になった。

「師匠！　出来ました！　世界初の実用的な電子計算機です！　名付けて『弥勒くん壱号』です」

甲斐忠一（かいただいち）少尉が、嬉しそうに高城蒼龍に報告をする。

甲斐は蒼龍から1年遅れて帝大を卒業し、宇宙軍に任官された。また甲斐と同時に、帝大で蒼龍が集めた「青雲会」の優秀なメンバーも合流している。そして、森川大尉らと一緒に電子計算機の開発に取り組んでいた。

「こちらが、敵艦の未来位置を計算するプログラムです！」

甲斐が見せたのは、幅15センチメートル、長さ10メートルにも及ぶパンチカード（テープ）だ。そして『弥勒くん壱号』の読み取り装置にセットして読み込ませる。

「そして、こちらが敵艦の速度・方向・距離等のデータになります」

パンチカードによってデータを読み込ませた後、「実行」ボタンを押す。すると、電球によって作られた６４０×４８０ドットの巨大なディスプレイに、瞬時に計算結果が表示された。

表示と言っても、数字や文字で表示されるわけではなく、点灯が１・消灯が０に割り当てられた2進数での表示だ。

現在はパンチカードでの入力になるが、各種センサーから直接データを受け取るインタフェースも開発中である。

「すごいぞ！　甲斐少尉！　現在、接合型トランジスタの開発も進んでいる。この演算回路にトランジスタの組み込みが出来れば、タンス一個分くらいの大きさになる。そうすれば艦船への搭載も容易になって、百発百中の艦砲の完成だ！　キミは世界最高の数学者だよ！」

蒼龍は人をおだてるのが得意だった。

「ありがとうございます！　師匠！　次は、８ビット演算装置と航空機の未来位置を予測するプログラムを開発します！　航空機は三次元機動なので難易度は高いですが、必ず実現してみせます！」

「頼んだよ！　期待している。でも、なんで『弥勒くん』なの？」

「はい！　弥勒菩薩は〃智慧〃を司る仏様です。それにあやかって名付けました！」

「ん？〃智慧〃を司るのは文殊菩薩じゃない？」

「え？」

「いや、文殊菩薩だと思うけど…」

甲斐は一般常識には疎かった。


プログラムの磁気テープへの保存実験も進んでいる。各種センサーも開発中だ。

「本格的な開発開始から5年かかったけど、なんとかここまでこぎ着けたな。１９３９年の第二次世界大戦勃発までには、ある程度の戦力を揃えたいから、ギリギリのタイムスケジュールか」

毎年、工業高校や大学から宇宙軍への任官があるが、開発体制は充分とは言えない。技術流出に細心の注意を払っているという事もある。特にコンピューター技術の流出は、第二次世界大戦が終了するまでは、絶対に避けなければならない。アメリカの開発力は日本の何倍もある。もし、コンピューター技術のヒントでも流出したなら、史実より早くアメリカは実用化するだろう。そして、その計算力によって核兵器の開発が早く実現してしまう。そうなると、戦争はさらに辛酸を極める事になりかねない。

１９２６年５月

「シリコンウェハーの量産にメドが立ちました」米倉大尉が報告をしてくる。

研究室レベルでは、ナイン・イレブンと呼ばれる高純度のシリコン結晶作成に成功しており、接合型トランジスタも完成していたのだが、それだと、月産数十個のトランジスタ製造が限度だ。充分な量のコンピューターを確保するには、やはり高純度シリコンの量産は避けて通れない。製造装置も必要だが、フッ化水素酸をはじめとする、超高純度の薬品の製造も必要となってくる。いくら知識があったとしても、現在の宇宙軍の開発体制では一朝一夕には行かない。


次は、フォトマスク・エッチング・蒸着などの技術開発を行っていく。これらの技術が確立できれば、集積回路を量産できる。８ビット程度のＣＰＵでかまわない。何としても、数年以内には実現したい。

また、これらの技術は、液晶ディスプレイの製造にも欠かせない。

「今年中に、バイポーラトランジスタの量産にこぎ着けたいな。そうすれば、とりあえずタンスサイズのコンピューターが制作できるね」

テキストやグラフィック表示が行えるように、オペレーションシステムの開発も平行して進められている。２０３２年当時のＯＳレベルはどう考えても不可能なので、目標は１９８０年代のＭＳ－ＤＯＳレベルだ。

８ビット演算回路が完成すれば、１９８０年代のＭＳＸやＰＣ８８００シリーズ程度のコンピューターが実用化できる。そうなれば、さまざまな開発は加速度的に進むはずだ。
またブラウン管の開発も進んでいる。もうすぐ、17インチ６４０×４８０ドットの白黒ＣＲＴの試作機が完成する。
それらと同時並行で、旋盤やフライス盤などの精度向上にも取り組んだ。また、パンチカード入力による、初歩的なＮＣ旋盤・ＮＣフライス盤もうすぐ実用化できる。あらゆる工業製品の量産化のためには、こういった技術も不可欠だ。

――――

「８ビットのコンピューターが出来たら、走らせたいプログラムがあるんだよ。リリエルも楽しみにしておいてね」
「何のプログラム？」
「平安京エイリアン」

〈陸軍省のとある一室〉

「宇宙軍は一体何をしているんだ？　開発しているのは、農業機械に消火ポンプに原動機付自転車だ。それに、いっちょ前に尉官を名乗っている連中もいるが、教練なども全くしていないのだろう？　戦争になれば、お荷物以外の何物でも無いな」

「まあ、そう言うな。宇宙軍が作っている簡易トラックは重宝しているだろう？　トラック専用のエンジンも、もうすぐ完成するそうだ。あれで、ずいぶんと馬と馬車が減ったではないか。現場の評判も上々と聞く」

「だから何だ？　それだけではないか。摂政殿下も宇宙軍にかかりきりで、陸軍の方針には反対ばかりだそうだ。予算増にも難色を示されておる。こんな状況では、中国大陸の権益もどうなるかわかったものではないな」

第四十七話　大正期の終わり

１９２６年９月
神奈川県辻堂海岸。江ノ島の見える砂浜から空を見上げると、一機のモーターパラグライダーが優雅に舞っていた。

宇宙軍兵学校では、パイロット養成の初期訓練にモーターパラグライダー教練を取り入れている。

「そうだ！　いいぞ！　安馬野！　その調子だ！　次は右旋回の後、高度を徐々に下げていくぞ」

「はい、大尉！」

高度は約１００メートル。初めて飛ぶ空。海には船外機付きのボートが５艘ほど見える。万が一海に落ちた時の救助用だ。

安馬野が前で、高城蒼龍が後ろに座るタンデム配置で空を飛ぶ。モーターパラグライダーなので、体は当然密着している。

——た、高城大尉と、こんなに密着するなんて……——

安馬野は宇宙軍幼年学校第一期生だ。入学当時10才。他の者と同じように、農村から口減らしの為に宇宙軍に来た。それ以来、故郷には帰っていない。貧しい村だった。８人兄弟の末っ子として生まれたが、その内３人は小学校に入る前に死んでしまった。死んだのは全部女の子だ。今思うと、口減らしに殺されたのではないだろうかとも思う。

宇宙軍幼年学校では、なかなか会話をする事が出来なかった。故郷では、ほとんど会話をした事が無かったのだ。安馬野は小学校は2年半しか通っていない。３年生途中で学校に通わせてもらえなくなった。家で農作業の手伝いをするためだ。家での会話はほとんど無い。農作業と洗濯とわら縄作りで一日が終わる。こんな生活に未来はあるのだろうかと、子供ながらに思っていたものだ。

「こんにちは。勉強は楽しいかな？」

ある日、幼年学校の教室に、背の高いお兄さんがやって来た。濃紺のかっこいい軍服を着て、私たちに話しかけてくる。

その人は、私たちの事を必要だと言ってくれた。大切に思っていると言ってくれた。何だかぽかぽかと暖かい、不思議な気分になった。そうだ。今まで私は、誰からも必要とされていなかったのだから。

そのお兄さんは、時々教室に来て頭をなでてくれた。それが、堪らなく嬉しくて一生懸命勉強した。図書館に置いてある小説も、あのお兄さんが書いた本だと聞いた。時間があれば、その小説を読みふけった。小説の中には無限の世界が広がっていた。「ツンデレ」や「イチャラブ」やいろいろな流行語も覚える事が出来た。

2年ほどすると、バイクとゴーカートの授業が始まった。指導してくれるのは、あの背の高いお兄さんだ。お兄さんは「高城中尉（当時）」と名乗った。初めてお兄さんの名前を知った。私は、もっともっと褒めてもらいたくて全力で頑張った。すると高城中尉は驚いた顔で「すごい！」って褒めてくれた。

そして、イギリスのレースにも参加する事ができた。本当は一緒に来て欲しかったけど、忙しくて来られないらしい。「安馬野ならきっと大丈夫だ。必ず優勝できるよ」高城大尉は、そう優しく言って笑顔を向けてくれた。出発前には、イギリスで役に立つ様々な慣用句（スラング）を教えてくれた。

そして、高城大尉の望み通り、優勝トロフィーを持ち帰る事が出来た。高城大尉は「よくやったぞ、安馬野」といって褒めてくれた。

わたしは、高城大尉に返事をした。

「ふん、あの程度、どうという事はないわ。子供扱いしないで欲しいわね」

――ああ、素直になれない…。本当はもっと褒めて欲しいのに…。なぜ強がってしまうのかしら…後輩たちが見ているからかな…――

そんな事を考えていると、モーターパラグライダーは砂浜に着地する。高城大尉との2人だけの時間は、あっという間に終わってしまった…。

「よし、次は高矢だ。準備をしろ」

高城大尉はみんなに平等だ。頑張ったら頑張った分褒めてくれる。今度は、紀子が褒めてもらう番。わかっていても、心中は穏やかじゃない。

こうして、辻堂海岸に来た生徒のモーターパラグライダー教練が行われていく。

そして、モーターパラグライダー教練課程を修了したら、次はグライダーによる初等訓練が始まる。

安馬野は、この平穏な時が永遠であればいいのにと思う。しかし、時代の奔流はそれを許す事は無い。

１９２６年10月

バイポーラトランジスタの量産に成功した。月産３万個の製造ラインが完成したのだ。大きさや性能は、21世紀の秋葉原で手に入る物とほぼ同等だ。早速、設計が完了していた8ビットコンピューターの制作に取りかかる。

また、これで小型高性能な無線機も開発できる。この事は軍事作戦遂行にとって、非常に大きなメリットとなる。

「電界効果トランジスタの開発にもメドが付いたし、これで、集積回路の技術が確立すれば、宇宙軍での開発作業にワークステーションが使えるようになる。開発がどんどん加速するよ！」

また、コピー機の開発も進んでいる。半導体技術が伴っていないので完全なアナログ方式だ。原稿に光を当ててそれを撮像し、感光ドラムに転写する。そして、感光ドラムにトナーを付着させて印刷をするというものだ。一度の撮像で1枚しかコピーできない為、複数枚のコピーの為には、原稿が何度もコピー機の上を往復するので時間はかかる。それでも、これが実用化出来れば、様々な作業や情報共有が飛躍的に楽になるはずだ。

※構造の簡略化のために、光学部分を固定して、原稿をスライドさせる方法を採用した。

コピー機とは別に、プリンタ（プロッタ）の開発も同時に進めていた。方式はインクジェット式を採用した。図面の出力のために、大判の用紙に対応しやすいという事が理由だ。プリンタはワークステーションとセットで使用する。その為に、I／O周りの仕様策定も行った。21世紀ならUSBだが、そのコントローラーがまだ無いので、まずはIEEE1284（パラレルポート）での接続とした。

徐々にではあるが、宇宙軍の開発環境は充実していく。

1926年12月25日

日本中が悲しみに沈んだ。天皇陛下がお隠れになられたのだ。摂政は新たな天皇に即位する。

ついに、激動の昭和が始まる。

朝日 カヲル

岡山大学教育学部卒業。株式会社ジャストシステム、日本アイ・ビー・エム株式会社等、IT系企業を複数社経験後独立。現在、教育関連企業の代表取締役。処女作「大日本帝国宇宙軍」。

大日本帝国宇宙軍 1
１９０１年にタイムスリップした俺は、21世紀の技術で歴史を変えることにした

2024年　9月　6日　　初版発行

著者　　朝日カヲル
装丁・イラスト　　湖川友謙
発行者　　千葉慎也
発行所　　合同会社 AmazingAdventure
（東京本社）　東京都中央区日本橋３－２－14
新槇町ビル別館第一　２階
（発行所）　三重県四日市市あかつき台１－２－208
電話　050－3575－2199
E-mail　info@amazing-adventure.net
http://www.amazing-adventure.net/

発売元　　星雲社（共同出版社・流通責任出版社）
〒112-0005 東京都文京区水道 1-3-30
電話　03-3868-3275

印刷・製本　　シナノ書籍印刷

ISBN978-4-434-34560-9　C0093